Georg Hirschfeld

**Pauline.**

Berliner Komödie in vier Akten

Georg Hirschfeld

**Pauline.**

*Berliner Komödie in vier Akten*

ISBN/EAN: 9783743352087

Hergestellt in Europa, USA, Kanada, Australien, Japan

Cover: Foto ©Andreas Hilbeck / pixelio.de

Manufactured and distributed by brebook publishing software
(www.brebook.com)

Georg Hirschfeld

**Pauline.**

# Georg Hirschfeld

# Pauline

## Berliner Komödie

Berlin
S. Fischer, Verlag
1899

# Pauline

# Pauline

Berliner Komödie

in vier Akten

von

## Georg Hirschfeld

Berlin
S. Fischer, Verlag
1899

# Personenverzeichniß.

———

Pauline König bei Sperlings.

Frau König, ihre Mutter.

Walter Sperling, Maler.

Lucie, seine Frau.

Käthe, sein Kind.

Lieutenant Graf Arnim.

Gräfin Anna, seine Schwester.

Frau Sanitätsrat Suhr.

Rable, Kunstschlosser

Hippel, Turnlehrer

Bolle, Pferdebahnschaffner }  Liebhaber der Pauline.

Fink, Schneider

Anton, Packetfahrtbriefträger

Ernestine Fritsche, bei Sanitätsrat Suhr.

Klimsch, Restaurateur

Klostermann, Maitre }  in einem Tanzlokal.

Frau Klostermann, Garderobiere

Ein Schutzmann.

Zwei Kellner.

Gäste im Tanzlokal.

Rechts und links vom Darsteller.

# Erster Akt.

Die Küche in Walter Sperlings Wohnung. Ein ziemlich großer,
lichter Raum im Style vornehmer moderner Häuser. Die Wände
zur Hälfte mit weißen Kacheln bekleidet, die oben von einer
blauen Leiste abgeschlossen werden. Der Boden ist in schwarz
und grau karrierten Steinplatten ausgelegt. An der Hinterwand
in der Mitte die große Kochmaschine aus Eisen mit blitzender
Messingverzierung, links davon die Wasserleitung mit marmornem
Behälter und verstellbaren Messinghähnen. Rechts von der
Maschine das Küchenspind, weiß lackiert mit blauen Streifen,
innen schönes Geschirr und viele Gläser. An der rechten Wand
ein großer Küchentisch, daneben die Abwaschbank und ein kleiner
Tritt. Besen und Bürsten in die Ecke gelehnt. Ein Brett mit
Zinndeckeln, Töpfen und Tellern über der Wasserleitung. Alles
blitzsauber gehalten. In der Mittelwand rechts seitlich die Thür,
die zur Wohnung führt, links seitlich eine kleinere zur Speisekammer, in der linken Wand die Thür zur Hintertreppe. In
der vierten Wand ist ein großes geschlossenes Fenster zu denken.
Es ist Sonnabend Abend, Ende Februar, gegen 7 Uhr. Helles
Gasglühlicht erleuchtet den ganzen Raum. Auf dem Küchentisch
stehen mehrere Weinflaschen und eine große Terrine, daneben

liegt eine aufgeschnittene Ananas. Draußen an der Thür zur Hintertreppe wird geklopft. Das Klopfen wiederholt sich, dann ruft Ernestine draußen gedämpft: „Pauline! — Na Pauline, mach' doch auf!"

**Pauline König** von rechts mit einem Tablett. Sie ist ein starkes Mädchen von 24 Jahren. Dunkelblaue leuchtende Augen, blühende Farben, weiße Zähne, mit denen sie gern toll herauslacht, das dunkle volle Haar ist ländlich gescheitelt. Setzt das Tablett auf den Küchentisch und geht zur Thür. Wer is'n da?

**Ernestine** draußen. Na ich bin's! Ernestine! mach' doch auf!

Pauline öffnet. Ernestine tritt ein.

**Ernestine,** ein kleines Hausmädchen von etwas ordinärer Hübschheit, ganz berlinisch in Ton und Wesen, ohne vollen Dialekt zu sprechen. Blendend weiße Schürze, das blonde Haar in Stirnlöckchen frisiert. Du, ich wollt' Dir blos mal sagen, ich hab' den Schneider eben jesehn.

**Pauline.** Wen? Den Fink? Wo haste'n denn jesehn?

**Ernestine.** Na unten vor de Hausthür auf de Straße — ich hab' mir noch rasch vorbeijedrückt — Herrjott, sieht der Kerl wieder aus — janz jrün und jelb vor Ärjer.

**Pauline.** Wieso denn?

**Ernestine.** Na thu doch nich so — Du hast'n doch vorichten Sonntag wieder versetzt.

**Pauline.** Na ja — des werd' ich diesen Sonntag wieder thun.

**Ernestine.** Du nimm Dir blos in Acht, ich jlaube, er kommt rauf.

**Pauline.** Na und? Na und? Du thust ja jrade so, als ob ich mir davor fürchte? Im Jejenteil, er soll mir sehr willkommen sein! Hier kann ich'n doch wenigstens mal de Treppe runterschmeißen, unten uf de Straße jeht es nich! Ich bin heut jrade in be richt'je Stimmung, er soll blos kommen.

Es klingelt. Beide fahren zusammen.

**Ernestine** flüstert. Da is er.

**Pauline.** Meinswejen soll er's sein. Sie geht zur Thür.

**Ernestine** tritt ihr entgegen. Aber nich doch! Laß' mir doch wenigstens aufmachen!

**Pauline.** Aber wozu denn — laß' doch man sind — den kenn' ich — der beißt nich jleich.

**Ernestine.** Du bist doch rein —

**Pauline** an der Thür, sehr laut. Wer is'n da draußen? He?!

**Bolle's Stimme** von außen. Als wie icke! Na wird denn hier nich ufjemacht?

**Pauline, Ernestine** wie aus einem Munde. Bolle! Fangen an zu lachen.

**Bolle** draußen, ungeduldig. Na wat is denn nu los zum Deibel Schockschwerenot noch mal? Wird denn hier nich ufjemacht? Man kricht ja Eisbeene von' Warten.

**Pauline.** Ach Herr Bolle! Sie sind es! Ach Sie sind es ja jarnich!

**Bolle.** Quasselei, na mach' doch uf!

**Pauline.** Aber Sie fahren doch mit de Pferdebahn? Ne is es möchlich — Sie öffnet langsam. Bolle tritt ein. Juten Abend, Herr Bolle, ne die Freude —

**Bolle,** Pferdebahnschaffner, kleiner dicker Mann mit Brille, rotem glatt-rasiertem Trinkergesicht und angegrautem Haar, in Uniform, dicker Mantel mit blanken Knöpfen, grüne Mütze, dickes Halstuch und mächtige Stiefel mit Schnee-

ſpuren. So — na mit euch — na mit euch da hab' ic
noch'n Hühneken zu pflücken.

**Ernestine.** Wie jeht es Ihre Frau Jemahlin, Herr
Bolle?

**Bolle.** Meine Frau jeht euch jarnischt an. Ihr habt
an't Fenster stehen müssen. Und det habt ihr nich jethan.

**Pauline.** Was hätten wir müssen?

**Bolle.** Wir haben verabredt — wir haben verabredt.
Ihr sollt Vormittags, wenn ick mit'n Wagen vorüberfahre,
denn sollt ihr vorne an't Fenster stehen und mit'n Stoobtuch winken — mit'n Stoobtuch, wenn wir uns morjen am
Rollkrug treffen, und mit'n Flederwisch, wenn wir uns
morjen nich am Rollkrug treffen.

**Pauline.** Na ja! Nu und? Nu und?

**Bolle.** Aber ihr seid nich dajewesen! Bande! Ick
bin fünfmal bin ick heute bei euern Hause bin ick vorüber-
jefahren und habe ruffjekuckt und habe mir fast'n Hals nach
euch abjedreht und habe verjessen, de Haltestelle anzu-
melden, aber ihr seid nich dajewesen — Bande!

**Pauline.** I Ihnen pickt er wol? Wir sind nich dajewesen? Natürlich sind wir dajewesen!

**Bolle.** Was? Na so'ne Frechheit is mir noch nich
vorjekommen.

**Ernestine.** Jawohl, Herr Bolle, wir sind dajewesen
— aber Sie sind nich dajewesen.

**Bolle.** Ick bin nich dajewesen?

**Pauline.** Was macht'n Ihre Frau, Herr Bolle?

**Ernestine.** Sie fahren doch nach'n Jesundbrunnen,
was?

**Bolle** außer sich. Nach'n Jesundbrunnen?! Seid ihr bleedsinnig?! Zoloch'scher Jarten—Jörlitzer Bahnhof! Wie komm ick'n da nach'n Jesundbrunnen?!

**Pauline** zu Ernestine. Ja denn haben wir uf'n falschen Wagen uffepaßt.

**Bolle.** Wenn't wahr is.

**Pauline.** Ja wenn Se uns nischt mehr jlauben, Herr Bolle, denn freilich, denn thut's mir leid. Sie geht nach der andern Seite.

**Bolle** folgt ihr schwerfällig Na et is ja nu ejal . . .

**Pauline** abgewandt. Ne ne, denn thut's mir leid — 'n bisken Jlauben verdient man doch schließlich. Wie soll man sich denn ooch zusammen amesieren.

**Bolle.** Na ja, nu is et ja jut, nu sein Se doch man jemitlich, Paulineken, wir können ja jetzt verabreden.

**Pauline** dreht sich plötzlich um, sehr heftig. Wie kommen Se denn überhaupt uf eenmal hier in de Küche?! Was heeßt'n des? Hab' ich Ihnen nich hundertmal jesagt, ich darf hier nich besucht werden? Meine Herrschaft leidt es nich?!

**Bolle** ganz eingeschüchtert. Herjottedoch ick — ick — jeh' ja gleich wieder — ick mußte doch wissen, was nu eintlich los is — ick hab' mir ja so jesorgt um Ihnen — ach Herzeken, sein Se doch man jemitlich — nich wahr, nu habe ick doch morjen jrade den Tag mal frei, nu wolln wir uns doch ooch 'n bisken amesieren. Er tätschelt sie.

**Pauline** schlägt seine Hand fort. Warum sind Se denn jetzt nich in Dienst? Um acht Uhr abends? Was heeßt'n des?

**Bolle.** Aber ick — ick bin ja im Dienst — det heeßt — darum hab' ick ja eben so wenig Zeit — wir haben nämlich jetzt Pferdewechsel - verstehn Se -- hier jrade vor Ihre Hausthür da haben wir Pferdewechsel — und da überspring' ick immer'n Wagen und darum hab' ick fünf Minuten Zeit. Er sieht nach der Uhr.

**Pauline.** Ach so — Sie werden jewechselt.

**Bolle.** Hähähä jawoll — meinswejen -- allens kannste mit mir machen, faule Witze, was De willst, wenn De blos morjen mit zu Klimschen kommst — und des thuste doch, nich wahr? Paulineken, mein Herzeken, Du hast es mir doch so fest versprochen. Sieht nach der Uhr.

**Pauline.** Na ich weeß noch nich. Es klingelt heftig.

Alle fahren zusammen.

**Ernestine** leise. Verflucht - da is der Schneider.

**Bolle** unruhig. Wer?

**Pauline.** Wird der Briesträger sind. Geht zu Ernestinen.

**Bolle.** So spät noch?

**Pauline** leise zu Ernestinen. Was meenste'n, soll ich ufmachen?

**Ernestine** achselzuckend. Ja ich weiß auch nich. Es klingelt zum zweiten Mal und heftiger.

**Bolle.** Der Stephan is wohl verrickt jeworden?

**Pauline** wie oben. Ach was, ich mach'n uf, denn haben wir wieder was zu lachen. Geht hin und öffnet — Fink tritt ein.

**Fink** ein kleiner behender Kerl, Schneiderfigur, mit falscher Eleganz gekleidet. Cylinder, pechschwarzes pomadisirtes Haar und Schnurrbart, sehr blaß und sinnlich wütend, tritt in Extase ein, bleibt aber fassungslos stehen, wie er den Pferdebahnschaffner, augenscheinlich einen Nebenbuhler, erblickt.

**Pauline** unbefangen. Juten Abend, Herr Bock — wie jeht es Ihnen? Lassen Se sich doch mal wieder blicken?

**Fink** starr und mühsam. Nabend. Wieso Bock? Ich heiße Fink. Das sollten Se doch wissen.

**Pauline.** Ach richtig — Jott entschuld'jen Sie — Herr Fink — wie komm' ich denn uf Bock — ich hab' des blos verwechselt. Aber so spät haben wir Sie nich mehr erwartet — Sie kommen doch immer zu de unpassendsten Zeiten.

**Fink** wie oben. Das scheint so. Thut mer leid, daß ich störe. Aber woll'n Se mich nich bekannt machen — mit dem Herrn da — wie — ich bin doch sehr begierig —!

**Bolle** halb eifersüchtig, halb ergrimmt, aber doch befangen vor dem wilden Blick des eleganten Schneiders. Wer sind Sie denn?

**Ernestine** tritt dazwischen, hängt sich an Finks Arm. Aber Karlchen, Du brauchst meinen Onkel jarnich so böse anzukucken — na ja, das is doch mein Onkel von de Pferdebahn, heut Abend hat er frei, und da hat er uns besucht, is das nich reizend?

**Fink** dreht sich nervös den Schnurrbart, sehr sarkastisch. Ach so — Sie sind der Onkel — ja das hätt' ich mir freilich gleich sagen können — bei Ihrem Alter —

**Bolle** dunkelrot und indigniert, kann keine Antwort finden. Aber — det is doch — wat heeß'n det —!

**Pauline** hängt sich an seinen Arm. Aber Onkelchen, Sie wollten doch immer mal Ernestinens Schneider kennen lernen — det is er — was — 'n hibscher Mann?

**Fink.** Erlauben Se mal —

**Ernestine** schreit. Aber Onkelchen, Sie müssen ja wech! Um Jotteswillen, die fünf Minuten sind ja um! Der Wagen wird schon vorüber sein, und ohne Konduktör, na das wird 'ne schöne Strafe setzen! Sie drängt ihn hinaus.

**Bolle.** Aber *versucht nach der Uhr zu sehen.*

**Pauline.** Sie sind 'n Beamter — heiliges Jewitter.

**Bolle** *mühsam sich wehrend.* Quatsch — is ja noch Zeit! Also morjen um fünwe am —

**Pauline.** Ja ja, nu machen Se man, daß Se runterkommen —

**Bolle.** Also — *Er ist draußen, sie wirft die Thür hinter ihm zu, man hört ihn die Treppe hinunterpoltern.*

---

**Fink** *bleibt finster stehen, betrachtet Paulinen, dann plötzlich losbrechend:* Na nu sag' mer mal offen und ehrlich — Pauline — schämste Dich nich!

**Pauline** *an ihm vorübergehend, scheinbar gleichgültig.* Was ham Se jesagt? Sie, uf den Ton bin ich heute nich jestimmt. Außerdem verbitt ich mir das Duzen. Seit wann denn?

**Fink.** Seit wann? Ja haste denn alles vergessen? Den Abend bei Schippanowsky? Aber ich will mer mäßigen — das hab' ich mir den ganzen Weg schon vorgenommen, ich will mer mäßigen.

**Pauline.** Also zunächst mal: Was wolln Se von mir? Nu mal 'n bisken dalli —

**Fink** *tritt ihr näher und packt sie am Arm.* Du niederträchtiges Weibstück, was ich von Dir will?! Wo bist Du vorigen Sonntag gewesen? Warum bist Du nich an der Jerusalemer Kirche gewesen? Denkst Du, ich bin Dein Esel?

**Pauline.** Na sowat Aehnliches.

**Fink.** Haste denn gar kein Ehrgefühl im Leibe? N' Mann zu betrügen, der Dir seine Sympathie entgegengebracht hat mit manche Ausgaben und reelle Gesinnung?! Lach' nich, Du machst mer rasend.

**Pauline.** Ich amesier' mer bloß.

**Fink.** Sie sind'n beßrer Charakter — Fräulein Ernstine — an Ihnen wend' ich mich — Sie werden die Entrüstung von 'nem ehrlichen Mann begreifen.

**Ernestine.** Ach ne Herr Fink, Sie sind aber auch zu heftig.

**Fink.** Ja wenn ich nich mein Herz verloren hätte an das fürchterliche Weib, denn wär ich nich so heftig. Aber sie hat ja selber kein Herz. Heute nach acht Tagen, so rücksichtsvoll wie ich bin, ich wollte mer erst die erste Wut unter'n Leib rennen, da komm' ich mal rauf in de Küche und finde gleich 'n Andern hier — 'nen alten dreckigen Pferdebahnkutscher! Ihr Onkel! Ich habe bloß noch an mer gehalten, sonst hätt' ich Frikassee aus dem Kerl gemacht. Aber 'n Mann wie ich, wenn er wahrhaft liebt, der giebt de Hoffnung nich auf, der kann's nich glauben, daß der Gegenstand seiner Liebe so'ne Schwindelkathinka is — bei mir zu Hause an der Wand da hängt'n Bild, woran de Handtücher hängen, da steht es drauf: Glaube — Liebe — Hoffnung. Ja so bin ich. Ich kann's nich glauben. Setzt sich auf den Küchenstuhl und hält das Taschentuch vor die Augen.

**Pauline** unbeweglich. Na kommt noch was?

**Fink** auffahrend. Ja Du — Du wirst bald sehn, was kommt! Du spielst mit'm Feuer! Du!

**Pauline** nähert sich ihm. Nu is es aber jenuch. Nu will ich keen Wort mehr hören. Ham Se verstanden? Erstens haben wir jarnich feste verabredt vorichten Sonntag — ich habe jesagt, wenn ich kann, und ich konnte nich.

**Fink.** Hahahaha —

**Pauline.** Zweetens janz abjesehn davon und jrade uf'n Punkt jesagt, ich hätte jarnich kommen brauchen, Sie verdienen jarnich, daß man kommt — Sie sind 'n frecher unmoral'scher Kerl, wissen Se des? Was Sie von mir wollen, des weeß ich längst, des weeß 'n anständ'jes Mädel, wenn se een Mal mit'n Menschen jetanzt hat. Des hab' ich Ihnen ooch jleich jesagt, ich habe Ihnen zehnmal adjö jesagt, aber Sie sind immer wiederjekommen. Thut des 'n anständiger Mann? Sie haben keen Ehrjefühl im Leibe. Aber jetzt is es Essig — verstehn Se? Ich habe keene Lust mehr mir mit Ihnen rumzuärjern, ich habe jenuch von Ihnen.

**Fink.** Jawoll — das glaub' ich — jetzt haste genug von mir — und wenn De auch garnischt von mir hast, die Geschenke, die haste. Die theuren Pelzhandschuh' und den seidnen Regenschirm, die wirste behalten, die haste.

**Pauline.** Was?! Wolln Sie mir dumm kommen?! Na da wolln wir doch mal jleich 'n Ende machen. Sie holt ihren Regenschirm aus der Ecke und bricht ihn mit einem Ruck entzwei. So. Wirft ihm die Trümmer vor die Füße. Und nu — wo hab' ich denn die Handschuh — ach hier — sie reißt sie aus der Tasche und wirft sie auch zu Boden und nu adio!

**Ernestine.** Aber Pauline! Biste denn rein des Deibels! Der scheene Schirm!

**Pauline.** Sei stille! Ich werde mir dumm kommen lassen — von so eenen! Also die Handschuh' können Se och verschenken. Se werden ja Verwendung dafor haben — — er Schirm is leider bei Ruland. *Nimmt ihr Umschlagetuch, nbet es um und hängt den Deckelkorb an den Arm.* Adjö. Ich muß ezt einholen jehn. Verdammte Packasche. *Ab. Pause.*

**Fink** *ächzend.* Mir platzt der Kopp. Mir platzt der Kopp. Das Fraunzimmer bringt mich noch unter de Erde.

**Ernestine.** Aber Sie sind schuld, Herr Fink, ja wirk- ich, Sie alleine. *Hebt den Schirm und die Handschuhe auf.*

**Fink.** Wieso? Was soll das heißen?

**Ernestine.** Na ja, Herrjott, das is doch nich die Art, wie man 'n Mädchen wie die Pauline behandelt.

**Fink.** Aber wie soll ich se denn behandeln! Auf was für 'ne Art! Was soll ich denn mit'r machen!

**Ernestine** *sanfter.* Na Herr Fink, Sie sind doch 'n hübscher Mann, nich wahr, und 'n feiner Mann, 'n Mann in jute Verhältnisse — na jlauben Se denn, daß'n Mäd- chen wie die Pauline blind is für sowas?

**Fink.** Na eben — das kann ich mer doch auch nich denken — na und?

**Ernestine.** Na sie würde Sie doch nich so schlecht behandeln, wenn se nich anderweitig jebunden wär. Ja ja, Herr Fink, Sie wissen das bloß nich — Pauline is verlobt.

**Fink.** Verlobt?

**Ernestine.** Na so gut wie verlobt.

**Fink.** Mit wem —? —

**Ernestine.** Na mit dem Radke, Sie kennen ihn ja auch, der Kunstschlosser, ach Sie kennen ihn ja von Klimschens.

**Fink.** Und Sie meinen, darauf werde ich Rücksicht nehmen? Haha! Den Mann den werd' ich mer mal in der Nähe besucken!

**Ernestine.** Sie, mit dem lassen Se sich bloß nich ein, den hat beim Kraftmesser in der neuen Welt noch keiner erreicht.

**Fink** kleinlaut. Aber was soll ich denn machen?

**Ernestine** legt ihm die Hände auf die Schultern. Na es jibt doch auch noch andre Mädchen in Berlin — muß es denn jrade die sein?

**Fink** abgekühlt. Jawohl — die muß es sein — Sie hören doch, das is es ja eben.

**Ernestine** gereizt. So . . . . Na denn is es jut, denn fressen Se man aus, was Se sich einjebrockt haben. Der Radke der wird Ihnen den Kitt schon besorjen.

**Walter Sperling** von rechts. Ende der zwanzig, schlank und kräftig, offene nervöse Züge, blonder Schnurrbart und ziemlich dünnes, kurzgeschnittenes Haar. Seine Kleidung ist von auserlesenem Geschmack, dunkler englischer Saccoanzug, schöner loser Schlips mit matter Perle, schwarzseidene Strümpfe, englische Schuhe. Er trägt in beiden Händen eine Weinflasche, noch einige andere unter den Armen.

**Ernestine** fährt sehr erschrocken auf, retiriert etwas nach links. Um Jotteswillen . . . . . Ach Herr Sperling — juten Abend.

**Sperling** unbefangen und zerstreut, stellt die Flaschen auf den Küchentisch und blickt in die Terrine. N' Abend. Na wie geht's. Was is denn, Meister? Anprobieren? Sie sollten doch erst morgen kommen, heute Abend hab' ich keine Zeit.

**Fink** sich langsam zur Thür zurückziehend. Ach Gott entschuldigen Se blos, Herr Sperling — das war mer nämlich ganz entfallen. Jetzt zum Frühjahr, wo wir so viel zu

thun haben — also ich komme denn morgen Vormittag
wieder. Empfehle mich, Herr Sperling.

**Sperling.** Adio, leben Se wohl.

**Ernestine** sehr freundlich. Juten Abend, Herr Sperling!

**Sperling** winkt mit dem Fuß, da er eben zwei Flaschen zugleich in
die Terrine ausgießt. Fink und Ernestine links ab. Pause. Sperling, ganz
mit der Bowle beschäftigt, will eine neue Flasche ausgießen, hält aber inne und
sagt: Erst Sekt. Er beginnt eine Sektflasche zu entkorken. Die linke
Thür ist etwas offen geblieben, nach einer Weile klopft Frau Suhr.

**Sperling** zieht an der Flasche, ohne sich umzusehen. Hinein.

**Frau Suhr** im Hausgewand, ohne Kopfbedeckung, bleibt stehen, betrachtet ihn ruhig durch's Lorgnon, spricht langsam und überlegen. Pardon
— ich fand die Thür nur angelehnt — aber ich störe
wohl — mein Name ist Suhr.

**Sperling.** Verflucht, jetzt hab' ich mich bekleckert.

**Frau Suhr.** Bitte sich garnicht stören zu lassen. Ich
habe wohl das Vergnügen mit Herrn Sperling — wir
sind Nachbarn.

**Sperling** dreht sich um. Ach Frau Sanitätsrat Suhr?
Aber bitte, wolln Sie nich Platz nehmen, Frau Sanitätsrat — hier auf dem Divan bitte — schiebt ihr den kleinen
Küchentritt hin, den er umstürzt, so daß ein Stuhl daraus wird so — wir
sind nämlich zufällig in der Küche.

**Frau Suhr.** Entschuldigen Sie nur, daß ich Sie in
einer so angenehmen Beschäftigung störe —

**Sperling.** Ach Sie meinen die Bowle? Ja wir
haben heute unsern Malerabend, alle Sonnabend 'n kleenen
Picknick, und heute kommen sie alle in Kostüm.

**Frau Suhr.** Ich hoffte Ihre Frau Gemahlin hier zu finden —

**Sperling.** Meine Frau Gemahlin is vorn im Atelier, ich werde sie rufen, Augenblick. Er geht zur Thür rechts und öffnet. Luz! Luci! Pussel! Komm' mal her! Na genier' Dich nich, kannst ruhig kommen! Sie is nämlich im Kostüm.

**Frau Suhr.** Ach wohl für heute Abend?

**Sperling.** Ja das heißt, sie hat es von der Sitzung anbehalten, ich male sie nämlich jetzt für meine japanische Nacht. Aber wolln Sie sich nicht setzen?

**Frau Suhr** bleibt stehen. Sie sind Maler, Herr Sperling —

**Sperling.** Das auch.

**Frau Suhr.** Ach wissen Sie, mein Mann und ich, wir interessieren uns ja außerordentlich für Kunst —

**Sperling.** Ja nich wahr?

**Frau Suhr.** Aber diese modernen Bilder — da kann einem das Interesse wirklich vergehn. Bei uns in Hamborg —

**Sperling.** Na Pusselchen, da biste ja.

**Lucie** von rechts, in einem japanischen Kostüm, mattgelbe Seide mit eingewirkten silbernen Blumen. Kleine graziöse, etwas rundliche Brünette, wie ein junges Mädchen, schwarze lustige Kinderaugen. Ach Frau Sanitätsrat — aber Walterchen, warum haste denn noch keinen ordentlichen Stuhl geholt, auf dem da kann doch'n anständiger Mensch nicht sitzen?

**Frau Suhr.** O bitte sich garnicht inkommodieren zu lassen — entschuldigen Sie nur die Küchenvisite, gnädige Frau, ich hatte erst vorn geklingelt, und da wurde mir nicht aufgemacht, nun hoffte ich Sie in der Küche zu finden. Ach aber das Kostüm — reizend — nein wirklich reizend — und wie kostbar — wo haben Sie das machen lassen?

**Sperling.** Ich weeß nich, wo Herr Daharatamatasana das hat machen lassen.

**Frau Suhr.** Wer?

**Sperling.** Herr Daharatamatasana, kaiserlicher Rat — in Tokio, mein Duzbruder — ich hab' ihm mal das Bild von meiner Frau gezeigt, da hat er mir das Kostüm für sie mitgegeben. Die Leute haben Augen, was?

**Frau Suhr.** Waren Sie in Japan, Herr Sperling?

**Sperling.** Wie ich jebaut bin.

**Lucie.** Mein Mann hat den Grafen Arnim begleitet.

**Frau Suhr.** Was Sie sagen. Ihre Bilder werden wohl viel gekauft, Herr Sperling?

**Sperling.** Ja meinen Sie? Das freut mich. So'n Renommee kann nie was schaden.

**Lucie.** Das Bild, das er jetzt malt, für die Ausstellung, das wird sein.

**Sperling.** Ach Pusselchen, reden wir nich davon, ich glaube fast, ich kratz' es wieder ab.

**Lucie.** Du untersteh' Dich.

**Frau Suhr.** Sie werden doch nicht Ihr eigenes Werk zerstören?

**Sperling.** Ne — aber so lange es noch keins is ... Was verschafft uns eigentlich die Ehre Ihres Besuches, gnädige Frau?

**Frau Suhr.** Ach eine Bagatelle, die mir aber sehr

am Herzen liegt. Es ist mir übrigens angenehm, daß ich auch Ihre Meinung darüber hören kann, Herr Sperling.

**Sperling.** O bitte bitte — sehr schmeichelhaft — aber wolln wir uns nich dazu setzen? Er zieht die Küchenbank heran und setzt sich mit Lucien darauf. Frau Suhr setzt sich vorsichtig auf den Küchenstuhl.

**Frau Suhr.** Es handelt sich nämlich um mein Haus mädchen Ernestine. Zufälliger Weise hatte ich heute ihr Dienstbuch zur Hand, und wie ich darin blättere, finde ich zu meinem Erstaunen, daß sie früher bei Ihnen in Stellung war.

**Lucie.** Die Ernestine? Ja natürlich.

**Frau Suhr.** Ach Sie wußten das? Hm . . . .

**Lucie.** Ja, ich hab's gewußt. Zu Sperling. Du weißt doch, Paulinens Freundin —

**Sperling.** Ach die kleene Blonde? Ja wie geht's ihr denn?

**Frau Suhr.** Die Frage nach ihrem Befinden kommt für mich erst in zweiter Linie. Ich bin im Allgemeinen ganz zufrieden mit ihr, sie ist fleißig und adrett, sie bedient ganz gut, kann frisieren und bringt sogar die richtigen Bücher aus der Leihbibliothek. Ihrer Vorzüge wegen hab' ich ihr sogar hingehen lassen, daß sie einen Bräutigam hat, obgleich ich das sonst nicht dulde. Aber man darf die Mädchen nicht verdrossen machen, und solange ich den Menschen nicht in meiner Küche finde, drück' ich ein Auge zu.

**Sperling.** Na haben Sie ihn jetzt in Ihrer Küche gefunden?

**Frau Suhr.** O nein, es ist mir viel schlimmer ergangen, Herr Sperling, ich habe meine Nachsicht bitter bereuen müssen. In der letzten Zeit sind mir Zweifel an der Ehrlichkeit des Mädchens gekommen.

**Sperling.** Was Sie sagen — sie maust?

**Frau Suhr.** Ja ich wage das garnicht auszudenken. Denken Sie doch, ein Haushalt wie der meine, ich kann mich nicht um alles kümmern, die Person hat einen Geliebten, vielleicht ernähre ich den mit! Es ist wiederholt etwas Kaffee, Zucker und Butter fortgekommen, und mit dem Bier will ich erst die Probe machen, das ist sonst eingeschlossen. Aber diese Unruhe, dieser Verdacht ist so entsetzlich — ich bin nervös, ich kann mich so furchtbar schwer entschließen ein neues Mädchen anzulernen und habe mich immer noch an die Zeugnisse geklammert, die sind alle gut, es ist nie etwas von Unehrlichkeit gerügt. Hier ist das Buch. Zuerst der Kaufmann Jerusalem — der Kaufmann Jerusalem schreibt: Ehrlich und fleißig. Siegfried Jerusalem. Dann kommen Sie. Sie schreiben: Sehr zufrieden — suchte Veränderung. Sperling. Das ist vieldeutig, aber doch nicht schlecht. Und zuletzt die Rentiere Koblank — die ist auch zufrieden, ist aber inzwischen leider gestorben.

**Sperling.** Schade.

**Frau Suhr.** Ja nun eben — nun wollte ich mich mal eben vertrauensvoll an Sie und Ihre Frau Gemahlin wenden — sagen Sie mir Ihre Meinung — was halten Sie von dem Mädchen? Haben Sie wirklich nie einen Grund zur Klage gehabt?

**Sperling.** Ja wissen Sie, verehrte Frau, da läßt sich schwer was sagen.

**Frau Suhr.** Aber warum, Herr Sperling? Haben Sie denn etwas auf das Mädchen gehalten?

**Sperling.** Ja also als Mensch hat sie mich intressiert.

**Frau Suhr.** Erlauben Sie . . . . . ja ist sie denn ehrlich?!

**Sperling.** Ne, ehrlich is se nich. Es is uns sogar häufig, ich kann sogar sagen wiederholt etwas weggekommen — Kleinigkeiten, wie bei Ihnen, aber als Mensch hat sie mich intressiert.

**Frau Suhr.** Ja aber ich bitte Sie — was ist denn das für ein Standpunkt? Ach das ist wohl der sogenannte künstlerische Standpunkt? Ja in den kann ich mich aber unmöglich hineinversetzen, wenn es sich um meine Dienstboten handelt. Man übernimmt doch eine gewisse Verantwortung als Dienstherr, wenn man ein Zeugniß ausstellt und solche groben Unregelmäßigkeiten einfach übergeht.

**Sperling.** Ja aber ich habe das garnicht als so unregelmäßig empfunden — das lag doch einfach in der Natur des Mädchens, in ihrer Erziehung, ihrem Milieu — wahrscheinlich muß sie stehlen.

**Frau Suhr.** Ja aber um Gotteswillen, warum haben Sie sie denn entlassen?

**Sperling.** Weil sie weg wollte — ich halte nie einen Menschen — die Hauptsache is die persönliche Freiheit — und dann allerdings auch, weil wir schließlich Angst bekamen, daß sie uns an die Gelder geht, denn mit der Speisekammer das war nich so wesentlich.

**Frau Suhr.** Hm . . . . . ja ich muß wirklich sagen, diese Art, seine Verantwortlichkeiten abzuschütteln, die setzt mich in Erstaunen. Nehmen Sie mir das nicht übel, ich habe doch den Schaden davon. Ich habe auf Ihr Zeugniß hin das Mädchen gemietet und nun sitze ich da und habe eine unehrliche Person auf dem Hals.

**Sperling.** Aber was hätt' ich denn damit erreicht, wenn ich ihr das in's Buch geschrieben hätte? Sehn Sie mal, wenn sich das Mädchen irgendwie gemein gegen meine Familie benommen hätte, gegen meine Frau oder gegen das Kind —

**Lucie** die vergebens ernst zu bleiben sucht. Aber Walterchen — das Kind war ja damals noch garnicht geboren.

**Sperling.** Na also, wenn es schon geboren gewesen wär — ja solche Charaktersachen die hätt' ich ihr sofort in's Buch geschrieben, aber so, wegen einer Lappalie die ganze Carriere des Mädchens zerstören, sie vielleicht zu veranlassen, daß sie hingeht und das Buch fälscht und in's Gefängniß kommt, wenn's entdeckt wird, ja wäre denn das vielleicht nobel gewesen?

**Frau Suhr.** Nun es fällt mir ja nicht ein, hier mit Ihnen über die Behandlung von Dienstboten zu disputieren, das ist ja wirklich nicht der Zweck meines Kommens gewesen. Aber wollen Sie mir nun gestatten Ihnen einen Rat zu geben, Herr Sperling?

**Sperling.** Bitte, Frau Sanitätsrat, bitte.

**Frau Suhr.** Erlauben Sie mir erst eine Frage: Wie lange sind Sie jetzt verheiratet?

**Sperling** zu Lucie. Rechne mal nach.

**Lucie.** Du wirst dreißig, ich bin vierundzwanzig, also sieben.

**Frau Suhr.** Sieben Jahre — und mit Siebzehn haben Sie sich verheiratet, nicht wahr — nun da konnten Sie noch nicht viel Erfahrungen sammeln. Ich möchte Sie also warnen — hören Sie, warnen —

**Lucie.** Aber wovor denn, Frau Sanitätsrat?

**Frau Suhr.** Vor Ihrem eigenen Mädchen, vor der Pauline, vor der sogenannten Freundin meines Mädchens, denn die hat sie verführt und verdorben, kein andrer.

**Sperling.** Na nu wird's Tag.

**Lucie.** Aber da sind Sie sehr im Irrtum, Frau Sanitätsrat.

**Frau Suhr.** O durchaus nicht — ich habe bisher nur noch mit meiner Warnung zurückgehalten, weil ich dachte, Sie wären über das Treiben dieser Person orientiert, aber jetzt da seh' ich ja, daß ich sie besser kenne als Sie.

**Sperling.** Na wolln Sie uns nicht gefälligst erklären — —

**Frau Suhr.** O gerne, Herr Sperling, gerne — ja haben Sie denn eine Ahnung, was für einen Ruf dieses Mädchen hier im Hause hat? Lassen Sie sich's von der Portierfrau erzählen, wenn Sie mir keinen Glauben schenken. Man sieht sie hier nicht an — ich bin schon so nervös — wenn ich ihr im Hause begegne, dieses impertinente Lächeln, mit dem einem die Person immer in's Gesicht starrt —

**Lucie.** Ja das ist freilich nicht hübsch von ihr, das werd' ich ihr mal sagen.

**Frau Suhr.** Nicht hübsch?

**Sperling.** Na und weiter?

**Frau Suhr.** Und weiter? Ja Sie wissen wohl garnicht, was für ein Leben dieses Mädchen führt? Daß sie sich ein ganzes Viergespann von Liebhabern hält, ich hab' es selbst beobachtet und im Hause erfahren, vier Liebhaber, die sie hier in Ihrer Küche empfängt, von denen sie sich freihalten und beschenken läßt, mit denen sie Sonntags in Sankt Pauli, ich wollte sagen in der Hasenhaide tanzt — einen macht sie mit dem andern eifersüchtig — kurz, ich geniere mich die Sache in Gegenwart Ihrer Frau Gemahlin beim rechten Namen zu nennen.

**Sperling** ruhig. Das is Unsinn. Entschuldigen Sie — aber das is purer Unsinn. Daß das Mädel mehrere Verehrer hat, das weiß ich, das weiß meine Frau so gut wie ich. Wir kennen sogar zwei davon — der eine is'n Schlosser und der andre is mein Schneider.

**Frau Suhr** außer sich. Und Sie unterstützen das?

**Sperling.** Ne ich brauch' es garnich zu unterstützen. Sie fassen es außerdem ganz falsch auf, die Sache is ganz anders wie Sie denken, und ich habe keine Lust ein Mädchen, das ich hochschätze, in meinem Hause beleidigen zu lassen.

**Lucie** muß lachen. Na Walter, Walter.

**Frau Suhr.** Das ist köstlich — Sie schätzen sie hoch? Aber mit Ihnen ist ja nicht zu reden. Sagen Sie mir bitte, Frau Sperling, verträgt es sich mit Ihrer Erziehung, daß ein Dienstbote in Ihrem Hause solches Wesen treibt?

**Sperling** zuletzt mit den Lippen.

**Lucie.** Ja liebe Frau Sanitätsrat . . . muß lachen aber Walter.

**Sperling.** Aber Lucie, ich begreif' Dich nich.

**Lucie.** Na wenn Du solche Sachen machst . . . versucht sich zu fassen. Ja Sie nehmen das alles so furchtbar schwer. Frau Sanitätsrat — ich weiß eigentlich garnicht, was Sie meinen?

**Frau Suhr.** Was ich meine?

**Lucie.** Ja Sie scheinen da von einer persönlichen Antipathie befangen zu sein, denn auf die alte Hexe die Portierfrau ist doch nichts zu geben. Und die andern Mädchen im Hause, ja die sind nach meiner Meinung das reine Gesindel gegen unsre Pauline.

**Frau Suhr.** So — und wie kommen Sie zu dieser hohen Meinung?

**Lucie.** Gott weil ich sie gern habe, weil ich weiß, wie gut das Mädel is bei all' ihrem Leichtsinn, wie treu und zuverlässig und so furchtbar komisch.

**Frau Suhr.** Komisch?!

**Lucie.** Ja ich kann es nicht leugnen, ich laß' mir furchtbar gerne was von ihren Streichen erzählen, die sie mit der Ernestine zusammen anstellt — das amüsiert mich außerordentlich.

**Frau Suhr.** Na da muß ich doch wirklich sagen —

**Sperling** steht auf, halb gerührt, halb ärgerlich. Gott meine Frau — meine Frau is'n Kind — das dürfen Sie nich mißverstehn, Frau Sanitätsrat. Meine Frau amüsiert sich über die Geschichten von dem Mädel, weil es was riesig Spannendes für sie hat, in solche unbekannte Welt zu kucken. Aber das is nu eben das Merkwürdige, daß meine Frau ganz instinktiv die Sache richtig beurteilt — daß es sich thatsächlich so verhält — bei all' ihrer Unverschämtheit is das Mädel anständig geblieben, so keusch und nett wie keine andre, es kann ihr niemand auf der ganzen Welt was nachsagen. Sie will vom Leben nur das bischen Schlagsahne und im Uebrigen weiß sie sich zu wehren, die Männer sind in ihren Augen blos zum Tanzen da.

**Frau Suhr.** Aber lieber Herr Sperling, Ihre Phantasie. Wie können Sie glauben, daß ein Mädchen in diesen Kreisen —

**Sperling.** Ja aber hören Sie mal, wer gibt Ihnen denn das Recht so zu verallgemeinern? Dürfen Sie es denn für ausgeschlossen halten, daß es unter diesen Leuten Persönlichkeiten gibt, die ihren eignen Stiebel leben?

**Lucie.** Ja das is wirklich wahr, man lernt nie aus, Frau Sanitätsrat. Ich war gewiß 'ne verwöhnte Krabbe bei meinem Papa, und 'n Malerleben is nachher kein Pappenstiel. Wie oft, wenn wir niedergeschlagen waren, hat uns das Mädel, die doch bloß das Praktische davon versteht, mit ihrem gesunden Kehrmichnichdran auf die Beine geholfen. Und unser Kind, unsre Käthe, die gehört ja ihr so gut wie uns. So'n Mädel, das 'ne Mutterseele hat, das is was Wunderbares.

**Frau Suhr.** Hm . . . Ja ich wußte ja nicht, daß das Mädchen Ihnen nahe steht, aber ich fürchte doch, daß Sie schließlich mit all' Ihren schönen Theorieen Schiffbruch leiden werden. Es handelt sich doch im Grunde immer nur um eine ungebildete fremde Person, die einem fremd bleiben muß, weil sie sich am wohlsten dabei fühlt. Die Kluft, die da besteht, die werden Sie mit keinem Grundsatz überbrücken.

**Sperling.** Darum handelt sich's auch garnich. Wenn das gute Material nicht vorhanden wär, dann würd' es uns natürlich 'n Deibel was nützen. Aber ich sage Ihnen ja, sie is kein gewöhnliches Geschöpf, sie is auf einem Gute aufgewachsen als Liebling der Herrschaft und hat ihre Kindheit mit jungen Grafen verlebt, war beinah gleichgestellt mit den gräflichen Kindern.

**Frau Suhr.** Aber Sie können ja garnicht konsequent sein, Sie können es einfach nicht, sonst müßten Sie das Mädchen in der Vorderwohnung verkehren lassen und mit ihr zusammen speisen, aber das thun Sie doch wohl nicht?

**Sperling.** Das is auch garnich nötig. Den richtigen Standpunkt brauchen wir ihr garnich anzugeben, den findet sie ganz von selber — im Gegenteil, bei aller Freiheit uns gegenüber hat sie die feinste Scheu vor jeder Uebertretung.

**Frau Suhr** sich erhebend. Ach wenn Sie wüßten, lieber Herr, wie komisch Ihre gutgemeinten Reden einer Hausfrau klingen. Na Ihre Frau Gemahlin wird mich besser verstehen.

**Lucie** ist ebenfalls aufgestanden. Ne ich muß wirklich sagen, Frau Sanitätsrat, ich unterschreibe jedes Wort, was mein Pussel gesagt hat.

**Frau Suhr.** Aber Sie Kind! — Ich empfehle mich, meine Herrschaften.

**Sperling.** Mahlzeit. Frau Suhr geht ab.

⸺

**Sperling** erregt auf und niedergehend. Du sieh mal nach, hat sie keine Feuerfunken hinterlassen? Hat sie sich draußen nich in einen schwarzen Pudel verwandelt? Das sind Seelen-versucher, diese Philister, Donnerwetter.

**Lucie.** Na beruhige Dich.

**Sperling.** Jetzt hab' ich die Bowle vergessen. Kinder, jetzt hab' ich dieser Banausin wegen die Bowle vergessen. Weißt Du was, Pusselchen, ich stell' sie draußen in den Schnee.

**Lucie.** Wohin?

**Sperling.** Na draußen auf'n Balkon, in den Schnee, das is das Allerbeste.

**Lucie.** Du bist wohl, wozu haben wir denn unser Eisspind.

**Sperling.** Da hast Du wieder Recht.

**Lucie** holt einen Zettel aus der Tasche. Na nu hör' mal zu, hier is die Subscriptionsliste für den heutigen Picknick, da hab' ich aufgeschrieben, wie wir alle beteiligt sind.

**Sperling.** Aha — na lies mal los.

**Lucie.** Also erstens Vater. Wein für die Bowle und Cigarren.

**Sperling.** Gut.

**Lucie.** Zweitens Graf Arnim — die Ananas.

**Sperling.** Auch gut.

**Lucie.** Spiro ein Roastbeef. Hengler die süße Speise. Simon kalten Aufschnitt von Mackelden.

**Sperling.** Weiter nischt?

**Lucie.** Ja wenn er Geld hat, 'n Tönnchen Caviar, aber wahrscheinlich hat er keins, er mußte noch nicht, ob er das Plakat für den Wintergarten los wird.

**Sperling.** Na und wir?

**Lucie.** Italiener Salat, das Bier, Butter und Käse. Brot und Pumpernickel.

**Sperling.** Aber Pusselchen, nun hast Du keine Ahnung, daß Du was vergessen hast, was Wesentliches, die Hauptsache —

**Lucie.** Was denn?

**Sperling.** Schnaps.

**Lucie.** Ne — ach doch wahrhaftig. Ja den müssen wir noch besorgen. Ach Herzchen, Cusinier.

**Sperling.** Ja was Du willst, mein Pusselchen, wenn die nötigen Gelder vorhanden sind, ich habe nischt, Du mußt mir geben.

**Lucie.** Freund meiner Seele, ich habe dreißig Pfennig.

**Sperling.** Das is nich möglich. Wo weilt der Thaler, den ich Dir gab?

**Lucie.** Den hat Pauline mit zum Einholen.

**Sperling.** Ne aber ernsthaft, Kind, Du mußt doch noch was haben? Ich hatte nämlich die Absicht bei Schwiegervater heute Abend, wenn er fidel wird, 'n kleenen Pump zu riskieren —

**Lucie.** Kurz vorm Ersten? Du so fidel wird er nich.

**Sperling.** Aber Du mußt doch noch was haben. Wo sind denn die dreißig Meter Reservefond? Alles verschwunden? Ja dann mußt Du doch 'ne vorschriftswidrige Rechnung bezahlt haben, anders is es doch nich möglich?

**Lucie.** Aber kein Gedanke.

**Sperling.** Na doch wol, doch wol, Du wirst ja ganz rot, na gestehe mal ---

**Lucie.** Aber sei doch nich komisch — ne weißt Du, das paßt mir nich — also ich habe den kleinen Teppich aus'm Hohenzollernbazar bezahlt.

**Sperling.** Aber um Gotteswillen, Weib, warum denn?

**Lucie.** Gott weißt Du, Pusselchen, der neue Shannonregistrator, der is so riesig nett, da knips' ich immer so gern die quittierten Rechnungen ein.

**Sperling.** Du ruinierst mich. Knips' was Andres ein. Postkarten, aber keine Rechnung. Spielliese. Wie oft hab' ich Dir gesagt, in welcher Reihenfolge die Lieferanten bezahlt werden, ich hab' es Dir sogar mal aufgeschrieben: Bäcker, Schuster, Schneider, Pinsel- und Farbenlieferanten, erst die Kleinen, und das steigert sich allmählich bis zu Gerson und Spinn u. Mencke. Aber Du hörst ja nich. Der Shannonregistrator. Du bist doch rein des Deibels.

**Lucie** halb lachend, halb weinerlich. Ich will's ja nich wieder thun —

**Sperling** küßt sie. Na Pusselchen, es schadt ja nichts. Nu wolln wir hoffen, daß 'n Andrer den Schnaps besorgt. Uebrigens, wie ich Schwiegervater kenne, bringt er 'ne extrafeine Pulle mit.

**Lucie.** Haft Du denn garnichts mehr?

**Sperling.** Re, blank wie 'ne Motte, sonst wär ich ja nich so fidel heut Abend. *Nimmt die Bowle.* Na nu werd' ich man gehn und die Bowle in's Eisspind stellen und das Atelier zum Tanzen in Ordnung bringen. Du, heut haben wir 'ne Tanzmusik, Du wirst Dich wundern. Erstens die Klarinette, zweitens die große Ziehharmonika, und Hengler bringt'n Leierkasten mit und seinen Pudel Mierzwinski, der kann singen.

**Lucie.** Das wird ja nett werden.

**Sperling.** Komm bald nach, adjö! *Er geht mit der Bowle ab.*

- - - - - - - - - - - -

*Die linke Thür wird aufgeschlossen, Pauline kommt vom Ein=holen zurück. Ist leicht beschneit und etwas außer Atem.*

**Pauline.** Juten Abend, da bin ich wieder.

**Lucie.** Na Paulinechen, nu wolln wir man machen, es ist schon spät, die Leute werden bald kommen.

**Pauline.** Is denn schon jemand da? Noch nich? Jott ich hab' mir ja schon so jesputet, blos der dämliche Turnlehrer hat mir noch uffjehalten — sehn Se mal, Frau Sperling, ich hab' aber seine Sachen jekricht. *Sie öffnet den Korb.*

**Lucie.** Was ist denn das? Schokkolade? Suchard? 'n halbes Pfund? Aber das is ja die allerfeinste! Aber Pauline, was haben Sie denn da wieder angestellt!

**Pauline.** I der schielige Hansland will sich doch immer lieb Kind bei mir machen, dabei is er'n oller Jeiz=kragen und bietet mir immer von seine faule Fruchtbon=

bons an, 's Viertel for zwanzig Fenn'je, aber ich sage denn nich in de Hand, dazu sind mir meine Zähne zu schade, jeben Se mir man 'ne Tafel Schoflade mit, aber feine, des is des Eenzigste, was ich vertragen kann. Na denn jrient er und thut's. Ich wollte doch blos was Jutes für die Kleene haben.

**Lucie.** Was ist'n für Wetter draußen?

**Pauline.** Scheen — furchtbar kalt, aber scheen — der Schnee liegt wie Sand so feste.

**Lucie.** Ei fein, dann können wir morgen radeln.

**Pauline.** Ich tanze morjen mit Ernestine bei Klimsch! Ach der Turnlehrer — ne wissen Se, Frau Sperling —

**Lucie** ablenkend. Haben Sie Gorgonzola bekommen?

**Pauline.** Natirlich, allens, Jornzola und Scherweh, sojar Radieschen, ich mach' schon de Käseschüssel .... Ja der Turnlehrer, des is'n fauler Kopp, denken Se doch, Frau Sperling, 'n jebildeter Mann, 'n Lehrer, hat 'ne nette junge Frau, scheen is se ja nich, und mir läßt er keenen Tag zufrieden, er will durchaus mit mir morjen in de Haide tanzen jehn, jeden Tag schickt er mir Briefe mit Anton rüber.

**Lucie.** Mit wem?

**Pauline.** Na mit Anton, des is doch der Packetfahrt-briefträjer, der kricht doch jedes Mal 'n Jroschen von ihm, wenn er mir Briefe zusteckt.

**Lucie.** Aber was soll denn das werden? Was wollen Sie eigentlich mit ihm?

**Pauline.** J ich will bloß, daß er ordlich berappt —

er hat es ja dazu — unsereener ißt doch jerne mal Abends
'ne Porzion Rehbraten und trinkt 'n Seidel Pilsner dazu.

**Lucie.** Nehmen Sie sich blos in Acht, Pauline.

**Pauline.** Aber vor wem denn? Ich thu' doch nischt
dazu? Mir is' janz Recht, wenn der Turnlehrer morjen in
de Haide kommt, der tanzt jewiß sehr jut mit die Beene
und jebildet, nich so ruppig wie der Schneider. Der tanzt
wie'n kleener Ziejenbock, janz schlecht, aber wilde.

**Lucie.** Den behandeln Sie wirklich zu furchtbar —
den Schneider mein' ich — wenn der Ihnen nur nicht mal
auflauert und Sie durchprügelt, ja wirklich, das ist immer
meine Angst, Pauline.

**Pauline.** Was? Der? Mir?! I Du mein Saiten-
spiel, den hau' ich ja noch zehn Mal in Klump, eh' er
blos een Mal zu mir ranlangt, der kleene Nußknacker. Ne,
des soll er man nich riskieren.

**Lucie.** Ja sind Sie denn nicht selber an all' dem
'n bischen Schuld, Pauline? Ich glaube doch, Sie lassen
sich zuviel mit den Männern ein.

**Pauline.** Ich laß' mir ein? Aber wieso denn? Se
loofen mir ja alle nach? Na Se werden mir doch nich
zutraun, daß ich mir mit so'ne Kerls einlasse? Jefallen
hat mir noch keener. Und wenn ich mir Sonntags amesieren will und in de Haide tanzen jehe, denn such' ich mir
natirlich de besten Tänzer aus, mit jeden Heringsbändjer,
der mir uf de Beene rumtrampelt, tanz' ich nich, des muß
schon immer was Nettes und Flottes sein.

**Lucie.** Aber der Turnlehrer zum Beispiel — der will
doch blos mit Ihnen anbändeln, das sehn Sie doch —

ich glaube, wenn Sie dem mal ernstlich sagen würden, daß er kein Glück bei Ihnen hat —

**Pauline.** Aber des will ich ja jarnich! Wozu denn? Laß 'er doch rinschlidddern! Der seine Wilhelm! Des macht mir ja'n Riesenspaß! Ich bin außerdem ooch keene von die falschen Duckmäuser, die mit'n roten Kopp vorüberloofen, wenn eener Bekanntschaft machen will — ich seh' ihm feste in de Oogen, wenn er mir sonst jefällt, und jeb' ihm de Hand, und dabei bleibt es ooch, wenn er's ehrlich meint.

**Lucie.** Ja wenn er's ehrlich meint.

**Pauline.** Hahahaha, ja des is der Kasuar. Des weeß der liebe Himmel, ehrlich meint's keener. Aber soviel ich ooch kennen jelernt habe, alle sind se blos 'n jroßer Haufe für mich, wissen Se so'n jroßer Haufe, wo sich alle zusammen ähnlich sehn — des Eenzigste, was ich von ihnen behalte, is wer am besten mit mir jetanzt hat. Kosten Se mal'n Happen. Sie hat inzwischen die Salatschüssel aus dem Korb geholt, reicht Lucien einen Bissen davon mit der Gabel.

**Lucie** nimmt es. Danke. Fein.

**Pauline.** Ja der is jut bei Bechern.

**Lucie** kauend. Nehmen Sie sich doch auch 'n bischen.

**Pauline.** Ne danke scheen, 's is ja schade um des scheene Muster.

**Lucie** fängt nach einer kurzen Pause an zu lachen. Was macht denn eigentlich der dicke Pferdebahnschaffner?

**Pauline** lachend. Bolle! Des is unser Komiker. Ach Jott, so'n oller Sünder — den uzen wir blos.

**Lucie.** Na und Nadke? Der läßt sich doch nicht so betimpeln, der sieht mir doch nicht danach aus? Was denkt denn der von den Geschichten?

**Pauline** *schneidet eifrig den Pumpernickel, ohne aufzublicken, in verhaltenem, beinah zornigem Ton.* I der soll denken, was er Lust hat — der is mir so ejal wie'n Droschkenpferd — so'n frecher, injebildter Kerl — looft überall rum und erzählt, daß wir verlobt sind — so'n Froßmaul, so'n Radaubruder, na so'n richt'jer Demokrate, wie ich se nich leiden kann.

**Lucie** *langsam.* Er will Sie doch heiraten, nicht wahr?

**Pauline.** O ich jloob' schon, daß er des will, aber ich, ich will nich, und des weeß er jetzt endlich.

**Lucie.** Er sieht aber gut aus.

**Pauline.** Ach freilich thut er des, er verdient ja ooch 'ne Menge, 'n selbständiger Kunstschlosser, was meenen Se wol, vierzig Mark de Woche und drüber, aber innerlich da is er nich soviel wert, nich soviel.

*Pause.*

**Lucie.** Hören Sie, Pauline, ich mein's doch gut mit Ihnen, nicht wahr, das wissen Sie doch?

**Pauline** *hält in der Arbeit inne und sieht sie an.* Weeß Jott ...

**Lucie.** Sie sind doch für 'ne Frau und für 'ne Mutter wie geschaffen. Werden Sie nicht doch mal heiraten?

**Pauline.** Aber liebe Frau Sperling — wenn ich nu eenen krieje, 'n Arbeeter oder sowas, wo steckt'n da der Vorteil? Man kricht 'n Schock Kinder — na ja, und denn muß man sich sein janzes Leben für den Kerl abquälen, und er hat des Jute davon — wo steckt'n der Vorteil? Ich brauch' keenen Mann. Solange ich was leisten kann, solange will ich bei Ihnen bleiben — meine liebe Frau Sperling, wenn Se mir behalten wollen, ich will nich wech von Ihnen, ne Se wissen ja jarnich, was ich davon habe . . . . . Na und wenn ich mal alt und müde bin, denn hab' ich mir hoffentlich was jespart —

**Lucie.** Du lieber Gott — bei uns? Ich glaube, wir sind Ihnen noch die Hälfte vom letzten Monat schuldig.

**Pauline.** Sein Se still. Oder ich jewinn' was in de Lottrie — na ja, es is doch möchlich! Wozu spiel' ich denn? Und wenn ich blos 500 Mark jewinne, denn jeh' ich nach Hause, in meene Heimat, wo ich hätte bleiben sollen, und koof' mir'n kleenes Haus am Berg und 'n Acker und 'n paar Obstbäume und 'ne Kuh, und des werd' ich mir selber bewirtschaften, und denn können die Kerle alle kommen und . . . . Na im Übrijen, meinen Jrundsatz kenn' Se ja.

**Lucie** lächelnd. Ihren Grundsatz?

**Pauline.** Jawoll, Frau Sperling — allens mitnehmen und nischt nich herjeben. Ich will mir ameisieren, des is ja schließlich des Eenzigste, was Unsereenen übrig bleibt. Und wenn ich zuletzt ooch jarnischt vor mir jebracht habe, jar nischt, ebensowenig wie de Andern, na denn kann ich mir doch wenigstens sagen, daß ich mein Leben jenossen habe.

---

Es klopft an der rechten Thür, man hört dahinter lachen, dann kommt Sperling und zieht den Grafen Arnim mit in die Küche.

**Sperling.** Der erste Gast — und was für einer.

**Lucie** verwirrt. Aber Walter . . . .

Pauline.                                                                  3

**Graf Arnim** Secondelieutenant bei den Ulanen, in Interimsuniform, ohne Säbel, dunkelblauer Waffenrock mit gelbem Kragen, schlanke Gestalt mit feinem, etwas blassem Gesicht und kleinem Schnurrbart, geht zu Lucien. Guten Abend, gnädige Frau — Verzeihung für den plötzlichen Ueberfall. Küßt ihr die Hand. Wir müssen wirklich um Entschuldigung bitten, aber Ihr Gemahl hat Schuld, wir waren grade bei der allgemeinen Wohnungsinspicirung, und da hielt es Spaß durchaus für nötig, daß ich auch die Küche bewundere.

**Sperling.** Na selbstverständlich — Graf Arnim kennt ja die neue Wohnung noch garnich —

**Lucie.** Ach wirklich? Waren Sie noch garnicht hier, Herr Graf? Ja Sie kommen so furchtbar selten — ich glaube, Sie sind 'n halbes Jahr nicht bei uns gewesen.

**Graf Arnim.** Wenn ich könnte, würd' ich natürlich öfter kommen, denn Sie wissen hoffentlich, wie lieb mir die Abende in Ihrem Hause sind, ich zehre immer noch Wochen davon.

**Sperling.** Na na.

**Graf Arnim.** Ja Du Glücklicher, Du kannst Dich eben in 'nen armen Soldaten nicht hineinversetzen. Zu Lucie Aber Potsdam ist auch ganz schön, ich nehme selten Urlaub, und wenn ich mal nach Berlin komme, dann muß ich mich natürlich meinen Damen widmen.

**Sperling.** Na wie gefällt Dir nu unsre neue Bude?

**Graf Arnim.** Außerordentlich, über alle Begriffe, wunderbar. Hier machen sich die Möbel doch 'n bischen anders wie in der Möckernstraße. Ich bin schon so begierig, was meine Schwester dazu sagen wird — er bemerkt uline, die sich bescheiden und abgewandt am Küchentisch zu schaffen macht. Juten Abend, Fräulein. Da Pauline nicht antwortet, leise zu Sperling Bischen schwerhörig, wie?

**Lucie.** Pauline, der Herr Graf hat guten Abend gesagt.

**Pauline** fährt hastig zu ihm herum. Juten Abend, Herr Jraf. Ist rot geworden und wendet sich wieder der Arbeit zu. Graf Arnim betrachtet sie.

**Lucie.** Also kommt Ihr Fräulein Schwester heute Abend? Das ist reizend.

**Sperling.** Kommt se? Ach das is famos. Ne das find' ich nu riesig nett von ihr.

**Graf Arnim.** Ja für falsche Conventionen hat sie keinen Sinn, das ist eine ihrer besten Eigenschaften. Sie freut sich übrigens schon colossal auf den heutigen Abend. Die ganze Woche geht sie schon herum, wie'n Kind vor Weihnachten.

**Lucie.** Ach wirklich?

**Graf Arnim.** Ja natürlich, gnädige Frau, grade das Verbotene daran, daß die Gräfin Tante und die Fürstin Großmutter nichts davon erfahren dürfen, das ist so reizvoll für sie. und außerdem hat sie Sie alle furchtbar lieb.

**Lucie.** Wie mich das freut.

**Graf Arnim.** Nur vom Kostüm da müssen wir sie dispensieren.

**Lucie.** Ach aber warum denn — ich hab' schon was für sie — 'n schwedisches Bauernmädchen, da sieht das blonde Köpfchen entzückend aus.

3*

**Sperling.** Aber daß Du nich in Kostüm gekomm
bist, das find' ich einfach verhältnißmäßig.

**Graf Arnim.** Ich bin darin zu ungeschickt, lie
Sohn, auf Ehre, ich hatte mich auf Dich verlassen.

**Sperling.** Na nu sieh' Dich mal hier 'n bischen u
Das is die neueste Wasserleitung, zwei verstellbare Häh
kalt und warm, man kann auch kleine Kinder drin bad
Und hier is das Gewürzspindchen: sechs Fächer: Pfeff
Nelken, Zimmt, Lorbeerblätter, Elefantenzähne, Kardemo

**Graf Arnim.** Sehr interessant, sehr interessant. U
wie sauber ist das alles — man fürchtet sich ja förml
es mit einem Hauch zu trüben.

**Lucie.** Das ist Paulinens Verdienst. Wie sagen S
immer, Pauline? Bei mir muß allens blitzen.

**Pauline** halb abgewandt, verlegen in sich hineinlachend, aber innerl
beglückt Ach ne — det muß es ooch.

**Graf Arnim** betrachtet sie wieder aufmerksam, dann zu Sperl
Ja ... ja ich bin wirklich sehr befriedigt, nur die Treppe
find' ich 'n bischen hoch, aber das mußtest Du wohl wege
des Ateliers, so hoch mieten?

**Sperling.** Ja natürlich, und 1400 Mark, lieber Sohn
für solche Wohnung in solchem Hause, das is doch ga
kein Geld!

**Graf Arnim.** Na das will ich nu nicht mal sagen
Du bist 'n leichtsinniger Strick. Für die vorige Wohnun
hast Du nur 800 Mark bezahlt und diesmal wolltest D
eigentlich noch billiger mieten.

**Sperling.** Aber die beiden Wohnungen kannst D
doch nich vergleichen, Mensch, es kommt doch auf die Woh

nung an, nich auf das Geld — und sag' mal selber, wenn man schon Miete schuldig bleibt, is es nich viel vornehmer 1400 Mark schuldig zu bleiben wie 800?

**Graf Arnim.** Du bist eben unverbesserlich. Aber ich kann Dir keinen Vorwurf daraus machen, Du behältst am Ende immer Recht, und es kommt ja auch wirklich weniger drauf an, wieviel das Leben kostet, als daß es einem überhaupt was kostet. Dieses Aufgehnkönnen in der Fülle des Augenblicks, das ist das wahre Leben, danach sehn' ich mich so. Er setzt sich auf den Küchenstuhl.

**Sperling.** Na weißt Du, 'n volles Portemonnaie is mir doch noch lieber wie die Fülle des Augenblicks.

**Graf Arnim.** Pfui, das sagst Du? Du fühlst Dich doch niemals wohl, wenn Du Geld hast, als bis Du es auf anständige Art und Weise wieder losgeworden bist? Und siehst Du, so ist es in jeder Hinsicht. Wenn ich sage, die Fülle des Augenblicks, dann mein' ich damit das große Gefühl der Freiheit, das über sich selber bestimmen können, seinen eigenen Stiebel leben, wie Du es nennst — ja das habe ich doch nie gekannt? In den entscheidenden Jahren hab' ich auf alte Soldaten hören müssen, die mir einen Beruf anwiesen, bei dem ich selber sah, daß sie es einzig und allein wegen der Tradition und nicht wegen meiner Zukunft thaten. Er hat im Sprechen eine Mohrrübe aus Paulinens Korb gezogen und spielt nervös damit, indem er das Grüne langsam abpflückt.

**Sperling** auf- und niedergehend Ja ich weiß doch nich, lieber Sohn, ob ich Dir da Recht geben soll. So'n Leben, wie Du es jetzt führst, Offizier und Weltkind sein zu können ohne Sorge um den Tag und um die Ewigkeit, und zu

Hause noch 'ne künstlerische Reserve haben, das is doch eigentlich was ganz Famoses. Du solltest Dich da garnich rausjehu, denn Künstler sein is manchmal auch kein Vergnügen.

Pause.

**Lucie.** Pauline, ich glaube, vorne hat's geklingelt, sehu Sie doch mal nach.

**Pauline** hat während des Gespräches ihre Arbeit allmählich liegen gelassen, sich umgebrecht und betrachtet, an den Tisch gelehnt und ganz versunken, den Grafen.

**Lucie.** Pauline! *lachend.* Ja haben Sie denn Watte in den Ohren? Es hat geklingelt!

**Pauline** fährt auf Ach so — — — geht rasch hinaus.

**Sperling.** Was hat se denn?

**Lucie.** Ja hast Du das gesehn? Total versunken — so hat sie dagestanden — so.

**Graf Arnim.** Das Mädel interessiert mich.

**Lucie.** O das is'n Original — haben wir Ihnen noch nie von ihr erzählt?

**Graf Arnim.** Ja doch. Ein bischen. Ich seh' sie aber heute erst zum zweiten oder dritten Mal. Es geht mir so sonderbar mit ihr — sie erinnert mich an etwas — ich weiß nicht — — —

**Lucie.** Pauline erinnert Sie an etwas? Aber an was denn, Herr Graf?

**Graf Arnim.** Ja das weiß ich eben nicht. Das heißt, ich weiß es schon, aber ich trau' mich nicht recht es auszusprechen.

**Lucie.** Das is ja merkwürdig.

**Sperling.** Ich sag's ja, die Pauline.

**Graf Arnim.** Würden Sie mir wohl gestatten, gnädige Frau, mal ein kleines Verhör mit dem Mädchen anzustellen?

**Lucie.** 'N kleines Verhör? Aber Sie machen einem ja Angst und Bange, Herr Graf?

**Graf Arnim.** O durchaus nicht — nur ein paar ganz unschuldige Fragen. Ich kann mich ja auch täuschen, aber — er bricht ab, da Pauline eben wieder hereinkommt

**Sperling.** Na? Was war denn?

**Pauline.** Ach 'n Modell. Sie will sich wieder am Küchentisch beschäftigen.

**Graf Arnim.** Hören Sie mal, Fräulein —

**Pauline** dreht sich um, errötet, sichtlich erregt. Herr Jraf? Ja bitte — was denn?

**Graf Arnim.** Ich wollte Sie mal was fragen. Es ist Ihnen doch gewiß schon aufgefallen, daß ich Sie heute öfters betrachtet habe, als wenn Sie mich an etwas erinnern. Dem ist nämlich wirklich so, und ich möchte gern wissen, ob es Ihnen etwa auch so mit mir ergeht. Sie haben mich nämlich auch schon 'n paar Mal so verdächtig von der Seite angesehn — na Hand auf's Herz, Fräulein.

**Pauline** sehr verlegen, lachend. Ach aber ne . . . ne wirklich . . . wie werd' ich denn, Herr Jraf . . . . .

**Graf Arnim.** Na wir wollen mal der Sache auf den Grund gehn, auch damit Ihre Herrschaft nicht unnütz in Spannung gerät. Wie heißen Sie, Fräulein?

**Pauline.** Pauline.

**Graf Arnim.** Ja das weiß ich. Aber weiter — wie heißen Ihre Eltern?

**Pauline.** König. *Sieht ihn an.*

**Graf Arnim** *sehr betroffen.* Hm . . . Ja es ist unglaublich. Aber soweit kann doch der Zufall unmöglich gehn. Leben Ihre Eltern noch?

**Pauline.** Freilich — alle beede — Vater is Wächter uf'n Jut, und Mutter wäscht für de Herrschaft.

**Graf Arnim.** So — und wie heißt denn die Herrschaft?

**Pauline** *zögernd, fast ängstlich.* Jraf Arnim uf Klinke in de Uckermark — des heeßt, jetzt hat es der junge Jraf.

**Graf Arnim.** Jawohl . . . jetzt hat es der junge Graf . . . jetzt hat es nämlich mein Bruder, Fräulein.

**Pauline** *fährt zusammen — in tiefer Bewegung, leise.* Ihr Bruder. Also sind Se's doch.

**Graf Arnim** *steht auf, geht zu ihr hin, nimmt ihre Hand.* Und Sie haben mich schon lange erkannt, nicht wahr?

**Pauline** *ganz blaß, mit niedergeschlagenen Augen.* Ach ne . . . ne wirklich . . des heeßt . . . wenn ich Ihren Namen hörte, denn hab' ich mir schon manchmal jewundert . . . . aber ich traute mir nich zu fragen, ich dachte immer, es kann ja ooch 'ne andre Familie sein.

**Graf Arnim.** Ja sehn Sie, ebenso ging es mir mit Ihnen — ich dachte, es kann ja auch 'ne andre Pauline sein. — *Nach einer Pause zu Sperlings, die ganz erstaunt dabeistehen.* Na nu will ich Sie aber aufklären, gnädige Frau, sonst halten Sie uns am Ende wirklich nicht für ganz bei Troste. Also das Fräulein hier und ich, wir beide sind alte Spiel-

kameraden . . . wir sind als Kinder zusammen aufge
wachsen auf dem Gute Klinke, das damals meinem Vater
gehörte, und wo Paulinens Vater Wächter ist.

**Sperling** losbrechend. Kinder! Das is ja fabelhaft!

**Lucie.** Pauline! Ihr Graf?!

**Pauline.** Aber Frau Sperling.

Pause.

**Graf Arnim.** Na Sie zweifeln wohl noch immer —
'n bischen verändert haben wir uns ja beide — Herrgott,
sind Sie ein hübsches Mädel geworden.

**Pauline** leise. Jott, Sie waren doch immer der Kleene.

**Graf Arnim.** Und jetzt bin ich Dir über den Kopf
gewachsen, was?

**Lucie** aufhorchend, lächelnd. Dir?

**Graf Arnim.** Ja das ist mir so herausgefahren —
das nimmt die Pauline nicht übel — das hängt nämlich
so zusammen — wenn sie auch ganz anders aussieht wie
damals, die Augen hat sie behalten, die großen blauen
Augen — da sieht mich die ganze Heimat an, und darum
muß ich Du zu ihr sagen.

**Lucie** leise zu Sperling. Walterchen — das müßtest Du
malen.

**Sperling.** Ach das is mehr wie'n Bild.

**Graf Arnim.** Wie geht's denn Deinem Vater?

**Pauline.** Der is alt.

**Graf Arnim.** Und Deiner Mutter?

**Pauline.** Die arbeitet noch 'ne Menge.

**Graf Arnim.** Ja das ist eine außerordentlich tüchtige
Frau. Und dann hast Du doch 'ne Schwester, nicht wahr,

die ist doch nach Berlin gezogen und hat sich mit einem
Schuhmacher verheiratet?

**Pauline.** Wie Se des noch wissen. Ja die Lene —
die is aber inzwischen jestorben.

**Graf Arnim.** Was? Solche junge Frau?

**Pauline.** Ach se hat ja so'n elendes Leben in Berlin
jehabt — fünf Kinder, und der Schuster hat se rein zu
Schanden jeschlagen, und schließlich is se wieder nach
Hause jekommen und da wurde ihr besser und da is se
denn jestorben.

Pause.

**Graf Arnim.** Deinen Vater seh' ich noch vor mir.
Leben denn die beiden Hunde noch, mit denen er immer
des Nachts auf Wache ging?

**Pauline.** Der Nero is dot, den hat die Bande ver-
jiftet, aber der Fips, des is noch'n janz verjnüjter Köter.

**Graf Arnim.** Wie lange dient Dein Vater jetzt?

**Pauline** An dreißig Jahr.

**Graf Arnim.** Und Du? Warum bist Du eigentlich
nicht zu Hause geblieben?

**Pauline.** Ach Jott ich wollte schon — aber man soll
doch was verdienen. Wie ich sechzehn war, da haben se
mir nach Straußberg jeschickt zum Kreisfisikus Schnabel
bei Kinder, aber da konnt' ich's nich aushalten, und nach'n
Jahr da wollte Mutter, daß ich nach Berlin jehe, um meine
Schwester zu helfen, und da hab' ich mir in Berlin für
Alles vermietet.

**Graf Arnim.** Und wie lange dienst Du nun schon?

**Pauline.** In Berlin? Das siebente Jahr.

**Graf Arnim.** Und immer also als Köchin —

**Pauline.** Ne immer für Alles — des is hier meene zweite Stelle.

**Graf Arnim** nach einer Pause zu Lucie. Ja ist es nun nicht merkwürdig — ich bin mit Ihrem Gemahl befreundet, und Pauline muß grade bei Ihnen Mädchen sein?

**Sperling.** Ich werde Spiritist.

**Graf Arnim.** Ja man muß wirklich an Fügungen glauben.

**Lucie.** Aber daß wir nicht früher darauf gekommen sind, das ist das Rätselhafte.

**Sperling.** Ja wir haben eben immer mehr von Kunst geredet wie vom Leben — ich hab's Dir immer gesagt, die Fachsimpelei soll man sich abgewöhnen.

**Pauline** steht schweigend, mit niedergeschlagenen Augen, sichtlich in tiefer verhaltener Erregung da.

**Lucie** geht zu ihr hin. Na Paulinechen — Sie sind ja so still geworden — Sie freun sich wohl sehr?

**Pauline** nickt. Nach einer Pause leise. Ach es is ja so merkwürdig — — denken Se doch, Frau Sperling, jetzt seh' ich ja den Herrn Grafen wieder, wie er so'n kleener Junge war, und die sel'je Frau Gräfin und die Kinder und Allens seh' ich wieder.

**Graf Arnim.** Siehst Du, so geht es mir auch. Aber Du mußt wissen, Pauline, daß ich seit dreizehn Jahren nicht in Klinke war, seit damals nicht, wie meine Mutter starb, und ich und meine Brüder alle zu den Kadetten kamen.

**Pauline.** Ach ich bin doch nich wieder zu Hause jewesen, Herr Jraf.

**Graf Arnim.** Wie? Du auch nicht?

**Pauline.** Ne blos des eene Mal, wie meine Schwester starb.

**Graf Arnim.** Ja aber warum denn? Hast Du denn nie den Wunsch gehabt, Deine Eltern wiederzusehn?

**Pauline.** Ach Vatern schon, aber Mutter, mit der steh' ich mir nich besonders, und die hat doch nu mal des Rejiment zu Haus. Warum sind Sie denn nich wieder zu Hause jewesen, Herr Jraf?

**Graf Arnim.** Na aus einem ähnlichen Grund. Ich steh' mich mit dem Majoratsherrn nicht besonders, und der hat doch auch das Regiment zu Haus.

**Pauline.** Herr Dietrich? Ach der war ja schon als Junge immer so jrob zu Ihnen.

**Graf Arnim.** So — das weiß ich garnicht mehr. Aber Du hast mich immer tapfer herausgehauen. Warum eigentlich? Du warst die Wildeste von uns allen — warum hast Du Dich nicht lieber an die großen, starken Jungen gehalten?

**Pauline.** Jott wissen Se, Herr Jraf, so'n kleenes Meechen die möcht' doch immer jerne was bemuttern — ich hab' damit jespielt, wenn ich Sie so'n bißken bemuttert habe. Wie jeht es denn Herrn Leo?

**Graf Arnim.** Herr Leo ist roter Husar.

**Pauline.** Und Herr Fritz?

**Graf Arnim.** Herr Fritz ist gelber Dragoner.

**Pauline.** Und Herr Joachim?

**Graf Arnim.** Herr Joachim ist beim ersten Garde-regiment.

**Pauline.** Und Herr Philipp?

**Graf Arnim.** Kürassier, und ich Ulan. Du siehst, ein seltenes Einvernehmen.

**Pauline.** Und die kleene Schwester? Ach entschuld'jen Sie.

**Graf Arnim.** Die kleene Schwester wirst Du heute Abend noch zu sehn bekommen.

**Pauline.** Is se denn nu recht jesund jeworden? Se war doch man immer schwächlich?

**Graf Arnim.** Na es geht.

**Pauline.** Und der Herr Papa — der is wol immer noch uf Reisen?

**Graf Arnim.** Ja das thut mein Vater nicht anders.

**Pauline.** Er kümmert sich also um jarnischt mehr? Hat er Recht. Was Ihre Frau Mutter konnte, so allens zusammen rejieren, in Rußland und bei uns zu Hause, des könnt' er ja doch nich.

**Graf Arnim.** Na überhaupt — was meine Mutter konnte —

**Pauline** zu Lucie. Die hätten Se kennen müssen. Des war 'ne Frau.

**Graf Arnim.** Hast Du sie gut in der Erinnerung behalten?

**Pauline.** Na freilich. Was soll man denn in de Erinnerung behalten, wenn nich sowas.

**Graf Arnim.** Sie hat Dich auch sehr lieb gehabt.

**Pauline.** Nich wahr?

**Graf Arnim.** Na wir waren ja wie Geschwister.

**Pauline** hat Thränen in den Augen.

**Lucie.** Sie können sich garnicht vorstellen, Herr Graf, was mir Pauline schon alles von Ihrer Frau Mutter erzählt hat — ich seh' sie förmlich vor mir.

**Pauline.** Daß die hat sterben müssen — es sterben doch soviele, aber die.

**Sperling.** Woran ist sie eigentlich gestorben?

**Graf Arnim.** Nach Annas Geburt, am Kindbettfieber.

**Pauline.** Denken Se doch, Frau Sperling, se war ja 'ne russ'sche Fürstin mit dreißig Jüter in Littauen, und da is se immer zweemal im Jahr is se hinjefahren, um allens zu remedieren, und immer zu Pferde, so 'ne scheene dicke Frau, immer hopp, Herrjott hat die reiten können. Ihr Herr Papa, der war nich sehr dafür, daß se immer so freundlich mit alle Leute war. Der is so mächtig stolz jewesen.

**Graf Arnim.** Sie hat die ganze Gegend so geliebt.

**Pauline.** Na und is es nich ooch scheen, Herr Jraf? Ich kann mir jarnich denken, daß es was Scheeneres jibt wie Klinke. Abends, wenn de Sonne so unterjeht, so hinter'n Kiefernwald, janz rot wie Mohn nich wahr, und die schwarzen Bäume und der See davor wie Silber, ach und Morjens, wenn wir über de Wiesen in den Wald jeloofen sind, die Luft, Herr Jraf, wo is die scheene Luft jeblieben?

**Graf Arnim.** Und was wir für Streiche angestellt haben — weißt Du noch — wir waren 'ne tolle Gesellschaft —

**Pauline.** 'Ne niederträcht'je Bande waren wir. Je fürchtet. Ja was meenen Se wol, Frau Sperling, wir haben de janze Jejend uf'n Kopp jestellt. Een Mal — Herr Jraf, wissen Se noch, wie wir dem Lehrer seine Äppel jestohlen haben? Herrjott, war des 'ne Sache — hab' ich da Keile jekricht.

**Graf Arnim.** Und die Spiele — weißt Du noch — verstecken?

**Pauline.** Such' mich, such' mich, kleener Schecker, mußt mal in den Schornstein kucken.

**Graf Arnim.** Und Märchen hat uns meine Mutter erzählt.

**Pauline.** Ja alle Abend. Und wenn Sie denn mit Ihre Brüder zu Bette jejangen waren, des war des Allerscheenste, denn jing ich janz alleine über de Wiesen nach Hause — die lagen schon im Nebel und der Mond jing auf, und denn konnt' ich noch so recht an die Märchen denken.

Pause.

**Graf Arnim.** Wo ist das alles hin?

**Pauline.** Ich jlaube, wo's jut is, Herr Jraf. Die Kindheit is 'ne Sache für sich.

**Graf Arnim.** Hast Du denn unter der Fremde nie gelitten — — ich meine —

**Pauline.** Ja ich weeß schon, was Se meinen. Aber wissen Se, wenn ich erst unter was leide, denn is der Deibel los. Ich muß mir immer sagen, friß Dir durch, es kommt ja blos uf Dir an, man kann doch schließlich aus seinem Leben machen, was man will.

**Graf Arnim.** Ja? Kann man das?

**Pauline.** Aber natirlich, Herr Jraf. Jott und Sie, Sie müssen doch so jlücklich sein — — 'n junger Offzier. Ich kann mir ja denken, wie scheen das Leben is, wenn man was zu sagen hat und reitet.

**Graf Arnim** nach einer Pause. Hast Du gar keinen Wunsch? Kann ich nicht irgend etwas für Dich thun?

**Pauline.** Ach aber ne — was soll ich denn —

**Graf Arnim.** Es schmerzt mich, daß Du von der Liebe meiner Mutter nicht mehr behalten hast.

**Pauline.** O doch — jenuch — und wie können Se des blos sagen, Herr Jraf. Zu Hause bei meine Eltern, da liegt ja 'ne janze Aussteuer für mich von der sel'jen Frau Jräfin, und denn hab' ich doch die seine Handarbeit jelernt.

**Graf Arnim.** Na hoffentlich kannst Du die Aussteuer bald gebrauchen, was?

**Pauline** errötet, mit eigentümlichem Lächeln. Ne — ne wirklich nich. Wer weeß, villeicht mal, wenn ich alt und jrau jeworden bin, aber denn alleene.

**Graf Arnim.** Na hör' mal, wer Dich hier so vor sich sieht, der kann Dir doch das unmöglich glauben. Na jedenfalls bitt' ich mir aus, daß ich's erfahre, wenn Du Hochzeit machst. Nimmt ihre Hand.

**Lucie.** Dafür werde ich schon sorgen.

**Sperling.** Du kriegst 'ne gedruckte Einladung.

**Graf Arnim.** Und nun bleiben wir gute Freunde, was? Er hält Paulinens Hand. Leb' wohl, Pauline. Mit Sperling und Lucie ab.

**Pauline** allein. Steht eine Weile an derselben Stelle und sieht dem Grafen nach. Dabei schüttelt sie langsam den Kopf, als wollten ihr schwere Gedanken aufsteigen und sie mit Wehmut bedrängen — dann giebt sie sich plötzlich einen Ruck, geht nach hinten, holt einen kupfernen Kessel vom Brett herunter, Putzzeug aus dem Tischkasten, setzt sich auf den Küchenstuhl und fängt mit Eifer und Verve an zu putzen. Eine Thräne fällt ihr auf das Metall. Sie hält inne, schüttelt ärgerlich den Kopf und putzt es wieder fort, bis der Kessel leuchtet.

Pauline.

4

# Zweiter Akt.

Bald darauf. Ernestine sitzt am Küchentisch und liest die Zeitung. Draußen an der Thür zur Hintertreppe wird bescheiden geklopft.

**Ernestine** erhebt sich, geht zur Thür und öffnet.

**Anton** tritt ein. Ein magerer melancholischer Mensch in schäbiger Uniform, krummbeinig, gutmütig, bartlos, unbestimmtes Alter. Juten Abend, Fräulein Ernestine.

**Ernestine.** 'Nabend Anton. haben Sie was für mich?

**Anton.** Sie Fräulein - aber für Paulinen hab' ich was — 'n unfrankierten.

**Ernestine.** Na natürlich.

**Anton.** Ja wat soll man machen -- so is das Leben.

**Ernestine.** Vom Turnlehrer drüben, nich wahr?

**Anton.** Ja — der Mann der läßt mir keene Ruhe. Jeden Tag muß ich Briefe für ihn besorgen. Und immer jleich mit Antwort. Eintlich is et ja jejen mein Prinzip — aber wat soll man machen.

**Ernestine.** Sie verdienen doch auch 'n schönes Stück Jeld dabei.

**Anton.** 'n Froschen oder zwee, Du lieber Jott.

**Ernestine.** Aber Sie sind doch'n einzelner Mann. Sie haben doch keine Kinder.

**Anton.** Ne Kinder hab' ick nich.

**Ernestine.** Aber auch keine Frau, nich wahr?

**Anton.** Nich mal 'ne Frau, so is das Leben.

— — — —

**Pauline** kommt von rechts.

**Anton.** Juten Abend, Fräulein Pauline.

**Pauline** giebt ihm die Hand. Ach Anton, juten Abend — was bringen Se Scheenes? Jott, sieht der Mensch wieder erfroren aus — warten Se mal, ich jeb' Ihnen was, des wärmt, des is 'ne Herzenssache. Sie holt eine Flasche aus dem Spind und gießt ihm ein Gläschen ein.

**Anton** nimmt es ihr ab, mit schwermütigem Blick. Ich dank' ooch scheen, na prost. Er trinkt.

**Pauline.** Prost Anton, wolln Se noch eenen?

**Anton.** Ne danke. Na wenn Se noch eenen haben.

**Pauline** gießt ein. Na nu sagen Se mal, was haben Se für mich?

**Anton** trinkt. 'n Brief. Von Herrn Hippel. Ich soll ooch wieder uf Antwort warten.

**Pauline.** Was? Sie erbricht den Brief und liest ihn. Na da hört doch wahrhaftig de Weltjeschichte uf.

**Ernestine.** Was is denn?

**Pauline.** Der Herr Turnlehrer will zu mir in de Küche kommen, er wartet unten an de Treppe, er will noch mal wejen Sonntag verabreden. Ne wissen Se, Anton, daß 'n jebildeter Mann so zudringlich is, 'n Lehrer, des

4*

hätt' ich mir doch nich träumen lassen. Na sagen Se ihm man, ich darf'n in de Küche nich empfangen, de Herrschaft leidt es nich, wir hätten ja allens verabredt und damit basta.

**Anton.** Ach Fräulein Pauline, wenn ich ihm des sage — des is 'n Unjlück for mir — denn vertraut er mir nischt mehr an — und'n Trinkjeld jibt es ooch nich.

**Pauline.** Na hörn Se mal, ich kann mir doch nich wejen Ihre Trinkjelder mit dem Turnlehrer rumärjern. Na meinswejen, sagen Se ihm er soll ruskommen, wenn er's verantworten kann, aber nutzen thut es zu jarnischt.

**Anton.** Scheen, des werd' ich bestellen. Ach Se jlauben ja jarnich, wie der Mann uf die Antwort lauert. Es is ja ooch am Ende keen Wunder. Macht Kehrt, will traurig links hinausgehen.

**Pauline** sieht ihm nach. Hörn Se mal, Anton — was is denn eijentlich mit Ihnen los? Mensch, Sie haben ja jarkeene Forsche mehr im Leibe. Sind Sie krank?

**Anton** bleibt stehen und sieht sie an, soviel er es vermag, mit einem schwermütig glühenden Blick. Ach Fräulein Pauline.

**Pauline.** Nanu? Na über mir da können Se sich doch nich beklagen. Se wissen doch, wie ich's mit Ihnen meine.

**Anton.** Ja det weeß ick. Ach Fräulein . . . es wär' ja noch allens besser, wenn ick wenigstens bei de Post wäre, aber so — bei de Packetfahrt — — wissen Se, bei meinen Amt is jarkeene Würde, nich mal de Uneform is hibsch. Und wenn ich komme, freut sich keen Mensch — was ich bringe, dafor intressiert man sich nich — man is immer enttäuscht von mir. Ich komm' mir schon schließlich selber wie 'ne faule Annonze vor, die man in den Papierkorb schmeißt, ohne se zu lesen.

**Pauline.** Na na — bei mir da is es doch janz anders. Sie haben mir doch schon so viel Liebesbriefe jebracht, über die ich mir jefreut habe —

**Anton.** Liebesbriefe. Ja — die hab' ich Ihnen jebracht. Ach es is merkwürdig. *Geht ab.*

**Pauline.** 'n armer Kerl.

**Ernestine.** Du ich muß jetzt wieder runter — manchmal kommen noch Leute Abends. Also auf Morjen — jute Nacht.

**Pauline** *begleitet sie zur Thür.* Jute Nacht, Ernestine. *Ernestine geht hinaus, sie ruft ihr nach:* Du verjiß meinen Hut nich!

**Ernestine** *draußen.* Ne ne — ich hol'n villeicht noch heute Abend. *Eilt die Treppe hinunter.*

**Pauline** *nickt lächelnd vor sich hin.* So'n Flitzchen. *Sie geht zum Küchentisch und setzt sich, nimmt ihr Ausgabenbuch zur Hand und vertieft sich in die Notizen. Nach einer Weile klopft es. Pauline horcht auf und kichert, bleibt ruhig sitzen. Es klopft noch einmal. Pauline steht auf und geht zur Thür.*

**Pauline.** Wer is denn da?

**Hippel** *von draußen.* Na ich bin's, liebes Kind, Du weißt doch!

**Pauline.** Du weißt doch? Den kenn' ich nich.

**Hippel.** Na Unsinn, mach' doch auf!

**Pauline.** Ach Herr Hippel! *Öffnet.* Na Sie sind mir der Rechte.

**Hippel** Sonniger Turnlehrer, hochgewachsen und breitschulterig, muskulöse Beine, halblanges, blondes lockiges Haar, blaue Augen und kecker Schnurrbart über den frischen Lippen. Hellgrauer weicher Filzhut, dunkelgrauer Trikotanzug, bis an den Hals geschlossen. Hoffentlich bin ich das. Also mein liebes Kind, ich dank' Dir schön für den lieben Bescheid, den Du mir gegeben hast.

**Pauline.** Was for'n Bescheid?

**Hippel.** Na daß ich Dich endlich mal besuchen darf. Donnerwetter, Du wohnst aber nobel. Na gib mir doch die Hand, Du wirst doch'n ehrlichen Händedruck nicht verschmähen?

**Pauline.** Ne ne. Giebt ihm die Hand.

**Hippel** Zieht sie ans Herz. Na nicht so zaghaft, Kind, ich zerquetsch' Dich ja nicht —

**Pauline.** Ach ne — ne ne — ich bin ja ooch nich von Pappe, des müssen Se nich jlooben. Sie reißt ihre Hand zurück und drückt und schüttelt die seine viel kräftiger.

**Hippel.** Au Donnerwetter! Du hast aber 'ne Pranke, ich gratuliere.

**Pauline.** Danke. Also was verschafft mir die Ehre?

**Hippel.** Na nicht doch so förmlich — komm' Schatz, wir wolln uns jetzt 'n bischen was erzählen. Er legt den Arm um sie und will sie küssen.

**Pauline** reißt sich los. Ne hörn Se mal, so haben wir nich jewettet. Wissen Se, Herr Hippel, ich bejreife Ihnen nich. Was soll ich denn nu sagen, wenn meine Frau uf eenmal in de Küche kommt und Ihnen hier findet?

**Hippel.** Ach Unsinn, sie kommt ja nicht. Und außerdem Deine Herrschaft kennt mich ja garnicht.

**Pauline.** Na ich kann Ihnen blos sagen, meine Frau kennt Ihre Frau.

**Hippel** unruhig. Meine Frau? Was heißt das? Was willst Du damit sagen?

**Pauline.** Na thun Se doch man nich so, Se sind doch verheirat' — wozu haben Se denn den Trauring heut Nachmittag anjehabt?

**Hippel.** Den Trauring? Ach Du bist wohl — — — das war doch kein Trauring, das war doch 'n Siegelring! Er zeigt ihr die Hand.

**Pauline** komisch drohend. Sie Sie, Sie Siegelring. Na machen Se mal Ihr Portmonneh uf, denn können wir's jleich mal feststellen.

**Hippel.** Ach sei doch nicht so langweilig — Mädel — — sei doch 'n bischen nett zu mir. Er legt den Arm um sie. Gefall' ich Dir denn nicht?

**Pauline.** Besonders die Beene. Ach ne, Se jefalln mir janz jut. Ich bin's blos nich jewöhnt, wissen Se, daß 'n fremder Mann so mit mir redet.

**Hippel** entzückt. Du bist es nicht gewöhnt? Ach Gott Du kleines Schaf, daran wirst Du Dich schon gewöhnen. Wenn Du erst selber weißt, wie hübsch und reizend Du bist — — ach Gott, das werd' ich Dir schon sagen. Küßt sie.

**Pauline.** Donnerwetter, wieder 'n Kuß. Na nu wird mir aber die Sache zu brenzlich. Wenn Se jetzt nich ufhören, schrei' ich nach Hülfe.

**Hippel.** Aber Du wirst doch nicht —

**Pauline** plötzlich. Stille mal!

**Hippel** erschrocken. Was denn?

**Pauline.** Meine Frau. Sie eilt zur rechten Thür und lauscht.

**Hippel** rennt unwillkürlich nach links und flüstert. Ist sie's denn? Ach Du schwindelst ja.

**Pauline.** Ne ne — se is es — se is uf'n Korridor. Winkt heftig. Jehn Se man, jehn Se man!

**Hippel** an der Thür, im Zweifel. Ne ne — so fängst Du mich nicht.

**Pauline.** Jetzt jeht se wieder nach vorne. Jott sei Dank. Aber jeden Oogenblick kann se wiederkommen — jehn Se doch blos, Herr Hippel.

**Hippel.** Erst wird verabredet. Ich will Dir nämlich sagen, warum ich gekommen bin — ich trau' Dir nicht. Pauline — sei still, ich hab' den Schneider eben wieder aus eurem Hause kommen sehn.

**Pauline.** So, na sehn Se man blos nich um de Ecke, sonst lernen Se schielen.

**Hippel.** Lassen wir alle Gekränktheit aus dem Spiel — wir treffen uns morgen Nachmittag um sechs vor Klimsch in der Hasenhaide, nicht wahr, so ist doch die Adresse — wenn Du brav bist und kommst, dann kauf' ich Dir Montag die schöne Bibermuffe, die Dir so gefallen hat. Versetzt Du mich aber wieder, dann ist es aus mit uns, und mit der Muffe ist es Essig.

**Pauline.** Sie — wolln Se mir wirklich die Muffe koofen?

**Hippel.** Wahrhaftig, ich schwör's bei meiner Ehre. Es klingelt. Nanu — wer kommt denn noch so spät? Was ist Dir denn? Du erschrickst ja förmlich?

**Pauline** ist wirklich etwas blaß geworden, sieht nach der Thür. Ach ne, wird meene Freundin sein — geht hin.

**Hippel.** Aber warum klingelt denn das dumme Frauenzimmer? Das ganze Haus läuft ja zusammen! Pauline öffnet — Radke tritt ein.

---

**Pauline** möglichst unbefangen, aber doch etwas verlegen und ängstlich. Ach du bist's . . . Juten Abend.

**Radke** Ein kräftiger junger Mann von etwas gedrückter Haltung, dunkles Haar und schwarzer Schnurrbart, feste tiefe Gesichtszüge. Er ist einfach und sauber gekleidet, ohne Kragen und Schlips, unter dem Rock trägt er sein blaues Arbeitshemd. Nabend. Na ich störe wol. Fixiert Hippel.

**Pauline** schon gefaßt und liebenswürdig, nimmt seinen Hut. Ach ne — durchaus nich — leje man ab. Na darf ich die Herren bekannt machen — mein Freund Radke — in plötzlichem Einfall. Herr Hippel — mein Landsmann.

**Hippel** steht stumm vor Wut und Verlegenheit da.

**Radke** ironisch lächend. Dein Landsmann — so.

**Pauline** etwas gereizt. Na ja! Na sei doch nich so dumm, mein Landsmann, Du hörst doch, Herr Hippel is aus Klinke! Er hat mir Jrüße von zu Hause jebracht. Ach was haben wir uns schon allens zu erzählen jehabt — ne so'n Wiedersehn is doch zu was Scheenes.

**Radke.** Freilich, Wiedersehn macht Freude.

**Pauline** zu Hippel, ihn anfassend, immer unverschämter. Weeßte noch, Albert, wie Du mal den Stoß von der Jrete bekommen hast?

**Hippel** fassungslos. Von wem?

**Pauline.** Na von der Jrete, unsre scheck'je Kuh! Herrjott, des weeßte doch noch! Na Du hast'n Jedächtnis, wie'n Haus. *Zu Radke* Jetzt is er Turnlehrer — in Potsdam — erster Turnlehrer — was, 'ne scheene Stellung. Ach es muß doch zu was Scheenes sein, so Lehrer sein und 'ne Menge Kinder unter sich haben. Was kann'n Lehrer nich allens thun. 'N jutes Beispiel kann er sein für's janze Leben. Besonders für's Moral'sche — was meenste Albert, hab' ich nich Recht?

**Hippel.** Ja aber ich muß jetzt gehn. *Er sucht seinen Hut.*

**Pauline.** Blos heiraten mußte — des is des eenzichste, was Dir noch fehlt. *Giebt ihm den Hut.*

**Hippel.** Also Adieu! *Mit drohendem Blick.* Es bleibt bei unserer Verabredung! Adieu — *leise* Du Luder! *Geht an Radke rasch vorüber zur Thür.*

**Pauline** *begleitet ihn.* Jawoll! Morjen früh uf'n Potsdamer Bahnhof! Ich sag' Dir noch adjö! *Hippel ab.*

———

**Pauline** *in übermütiger Stimmung, tänzelt an Radke vorüber zum Küchentisch, hopst hinaus und spielt kokett mit den Füßen.* Na? So'n Kerl aus Klinke is doch janz was anders wie ihr Berliner.

**Radke** *antwortet nicht, macht es sich auf dem Küchenstuhl bequem, zieht eine Cigarre aus der Tasche und beginnt zu rauchen.*

Pause.

**Pauline** *lauernd.* Ich weeß nich, ich bin jetzt blos noch für meene Landsleute.

**Radke** *scheinbar ruhig.* Du hörste nu bald uf mit dem albernen Schwindel? Du weeßt doch mit mir kannste so'ne Zicken nich machen. Sei froh, daß ich den feinen Willem heil aus de Küche jelassen habe.

**Pauline** auffahrend. Na na! Man nich so heftig! Des
hätt' ich Dir ooch jeraten! . . . Pause. Du paff' mir de
Küche nich so voll, des jeht hier nich.

**Radke.** Kannst ja'n Fenster ufmachen.

**Pauline.** Bei die Kälte?

**Radke.** Mir geniert es nich.

**Pauline** springt plötzlich vom Küchentisch herunter, geht auf ihn zu
und reißt ihm die Cigarre weg. Na 's jibt es nich. Wirft sie in den
Kohlenkasten.

**Radke** will auffahren, ist aber sinnlich bezwungen, wie sie so dicht vor
ihm steht, und fragt nach einer Pause mit erkünstelter Ruhe, halb ironisch.
Hast'n Schnaps?

**Pauline.** Den kannste haben. Holt die Flasche aus dem Küchenspind und ein Gläschen, schenkt ein.

**Radke.** Prost. Trinkt.

**Pauline.** Wohl bekomm's.

**Radke.** Kannst mir noch eenen einschenken.

**Pauline.** Ne, Du sollst nich soviel saufen.

**Radke** auffahrend. Wird's?!

**Pauline** thut es und murmelt. Meinswejen. Ich koof' nich
mehr des olle Jift. Pause. Sie stellt die Flasche ins Spind zurück
und setzt sich ihm gegenüber. Wo kommst'n jetzt noch her?

**Radke.** Na mindestens aus de Blumensäle. Aus de
Werkstatt natirlich. Ich hab' heut' Überstunden jehabt.

**Pauline.** Habt ihr soviel zu thun?

**Radke.** Na mehr wie wir schaffen können. Pause. Er
betrachtet sie. Du des Kleid da, des De da anhast, des is
aber nich mehr propper. Jehste damit noch über de Straße?

**Pauline** behäftig. Herrjott ich kann doch nich in Sammt und Seide loofen.

**Radke.** Ne. Aber anständig kannste loofen. Wozu hab' ich Dir denn die neuen Schuh' jeschenkt? Na ich' mal morjen zu Herzog und koof' Dir 'n neues Kleid, ich wollt's Dir jestern schon sagen.

**Pauline.** Du sollst nich soviel Jeld ausjeben.

**Radke.** Was jeht 'n Dir des an? Du jehst zu Herzog.

Pause.

**Pauline.** Was soll ich'n nehmen — des Schwarze oder des Blaue?

**Radke.** Unsinn, des Rote nimmste.

**Pauline.** J Du bist wol — ne, des Rote is mir zu knallig.

**Radke.** Jott red' doch nich — wenn Du es trägst, denn is es nich knallig.

**Pauline.** Na ich wer' mal erst sehn, was mir jefällt.

Pause.

**Radke.** Wo is'n Deine Herrschaft?

**Pauline.** Vorn im Ateljeh, heut is ja Malerabend.

**Radke.** Malerabend? Was is'n des?

**Pauline** lebhaft. Ach Du, des is jroßartig! Ne des kannste Dir jarnich vorstellen. Da kommen die Freunde vom Herrn, weeßte, die Malers und die Bildhauers mit ihre Frauen, denn kommen se alle in Kostüm, und jeder bringt was zu essen mit und denn bedienen se sich alle selber, ich brauch' mir heut jar nich vorne sehn zu lassen.

**Radke.** Na ich weeß nich, was die jroßen Menschen an so'n Unsinn haben können.

**Pauline** gereizt. Na besser wie Schnapssaufen is es.

**Radke.** Doch besser wie Tanzen villeicht?

**Pauline.** Na wie bei Klimschens sicher. Die tanzen übrijens ooch. Und wie. Mein Herr zum Beispiel. Da kannste was lernen.

**Radke.** Ich tanz' Dir wol nich jut jenuch?

**Pauline.** Ach Du tanzt janz jut, aber viel zu wilde.

**Radke.** Na so'n Proppenzieherbengel mit de Jlaseehand- schuh bin ich nich. Ich tanz', wie ich Lust habe.

Pause.

**Pauline.** Ich wollt' Dir eintlich was erzählen was ich heute erlebt habe, aber Du bist es ja jarnich wert, daß ich Dir so was erzähle.

**Radke.** Nanu! Des is ja janz was neues! Na leje man los, was haste denn erlebt?

**Pauline.** Ach Du kannst Dir ja jarnich reindenken.

**Radke.** Na ich wer' mir Mühe jeben.

**Pauline.** Also stell' Dir mal vor, ich hab' heut einen von meine Jrafen wiederjesehn.

**Radke** langsam. Einen von Deine Jrafen? Was heeßt'n des?

**Pauline.** Herrjott, Du weeßt doch, meine Jrafen — einen von die kleenen Jungens, mit die ich in Klinke zu- sammen jespielt habe. Des heeßt, jetzt is es natirlich keen kleener Junge mehr, sondern 'n jroßer Off'zier bei de Pots- damer Ulanen.

**Radke.** Ach so — wo hast 'n denn jesehn?

**Pauline.** Na hier in de Küche! Ja nu staunste! Is des nich merkwürdig? Er is nämlich seit Jahren mit unsern Herrn befreundet, ohne daß ich's gewußt habe — er war doch immer in Potsdam, und ich hab'n seit damals nich wiedergesehn, ich wußte überhaupt nich wo er jeblieben war.

Pause.

**Radke.** Wie kommt'n Dein Herr zu so 'ne feine Bekanntschaft?

**Pauline.** Na warum soll er denn nich dazu kommen? Mein Herr is 'n feiner Kerl und meine Frau is ne reizende junge Frau.

**Radke.** Ach so. Und der Jraf?

**Pauline.** Ach Jott der Jraf! Des is jar keen Jraf — des heeßt, er is 'n netter Kerl und außerdem is er Jraf.

**Radke.** Aha. Na nu fühlen se sich wol sehr jeschmeichelt?

**Pauline.** Wer?

**Radke.** Deine Herrschaft.

**Pauline.** Wieso?

**Radke.** Na daß se mit'n Jrafen verkehren.

**Pauline.** Ach Du bist 'n Jaßke.

**Radke.** Ich jloobe, der Jaßke bist Du.

**Pauline.** Jeschmeichelt! Du hörst doch, se sind befreundet! Wenn Du von 'nem Jrafen hörst, denn kannste Dir schon jarkeenen Menschen mehr drunter vorstellen.

**Radke.** Ne ne, des kann ich ooch nich.

**Pauline.** Du bist wie'n Ochse, wenn er'n roten Lappen sieht. Überall rennste jejen und weeßt nich, wo De jejen-

rennst. Dir wär es janz jesund jewesen, wenn De dabei
jewesen wärst, wie der Herr mit mir jesprochen hat. So
was Freundliches kannste Dir jarnich vorstellen. Was
sag' ich freundlich — jut und bescheiden, wie er als Junge
war. Und muß er denn so sein? J Jott bewahre! So
muß er nich sein! Seit dreizehn Jahre hat er mir nich
jesehn und jarnischt, nich mal unser Dorf, er is 'n jroßer
Herr jeworden, und ich bin 'n armes Dienstmeechen jeworden, ne er muß nich so sein, und ich hätt' weinen
können, daß er so war.

Pause.

**Radke.** Ja ja — Deinen Vogel bei so'ne Sachen, den
kenn' ich. Anstatt Dir umzukucken, wie des Leben is, da
lebste in scheene Erinnerungen. Sag' mal selber, Pauline,
was haste denn nu schließlich von der janzen Jeschichte jehabt? Daß die olle Jräfin Dir anständig behandelt hat
und daß der junge Herr heut' 'n bisken freundlich mit Dir
war? Du sagst es ja selber: 'n armes Dienstmeechen biste
jeworden. Ja muß'n des villeicht so sein?

**Pauline.** Du bist doch immer der Oberschlaue. Hab'
ich denn von mir jeredt? Ich habe vom Jrafen jeredt,
was des for'n netter Mensch jeworden is. Was ich jeworden bin, des is 'ne Sache für sich, des jeht den Jrafen
nischt an.

**Radke.** Na und wenn De nu ooch noch so viel zusammen-
quasselst, die Sache bleibt doch so wie se is: So'n Jraf
der is nich nötich, des is 'n Faulenzer, der von unsre
Hände Arbeit lebt. Nich von Deine Arbeit, versteh' mir
recht, sonst kommste mir wieder damit anjeschoben — aber

man muß 'n Doge dafür haben, daß für jede scheene Un+form von so'n Herrn Jrafen de Jesundheit von 'nem armen Fabrikmädel zu Jrunde jeht, die mit fufzehn Jahre schon for ihre Eltern was verdienen muß.

**Pauline.** So! Muß man dafür 'n Doge haben! Na — denn dank' ich! Denn will ich jarnischt mehr hören und sehn! Damit wirste weit kommen — mit die Verbitt+rung . . . ne . . .

**Radke.** Ja des verstehste eben nich.

**Pauline.** Ne des versteh' ich nich.

**Radke.** Ja ich wer' Dir ooch sagen warum. Du bist eben keene Jenossin.

**Pauline** die Hand am Ohr. Was? Was bin ich nich?

**Radke.** Du bist keene Jenossin. Sonst würdest De jenau so denken wie ich. Sonst würdest De überhaupt nich dienen, verstehste? Sonst hätt'ste Dir irjend was Selbständ'jes unternommen, 'ne Plättanstalt oder sowas und hättst Dir hier nich als Dienstmädel vermietet.

**Pauline.** So! Jawoll! Natirlich! 'Ne Plättanstalt! Dazu hätt' ich mir ja jroßartig jeeijnet — beinah wie Ernestine zu Kinder.

**Radke.** Aber des eene sag' ich Dir jetzt schon — wenn Du meene Frau bist, denn werd' ich dafür sorjen, daß Du nich mehr dienst — in keener Beziehung — denn mach' ich 'ne orndliche Proletarierfrau aus Dir, des wirste erleben.

**Pauline.** I sieh mal eener an — kiekste aus die Luke! Na denn werd' ich Dir jleich mal sagen, was ich

davon denke: Ueberhaupt nich dienen, des is quatsch, de
Hauptsache is bei wem man dient und wie!

**Radke.** Des is nich de Hauptsache! Du machst Dir
abhängig! Warum bin ich denn nie in 'ne Fabrike jejangen, und wenn es de anständigste war? Weil ich mir
nich abhängig machen wollte. Darum bin ich in 'ne sozial-
demokrat'sche Sozietät von selbständ'je Kunstschlosser ein-
jetreten. Wir arbeeten alle uf Teilung, wir werden nich
dulden, daß unsre Frauen keene Wirtschaft haben, weil se
uf Arbeet müssen, und unsre Kinder in de Schule nischt
lernen, weil se verdienen müssen. Wir wollen selber jenuch
verdienen, daß wir für unsre Familie leben können. Aber
was weeßt denn Du davon — Du lebst in den Tag wie's
liebe Vieh, Du denkst doch blos daran, daß De satt zu
essen hast, sonst kümmerste Dir um jarnischt.

**Pauline.** Na ich weeß, was ich will, und ich laß' mir
nich modeln. Wir zwee beede verstehn uns nich und
werden uns nie verstehn. Was De willst, des jefällt mir,
aber wie De bist, des kann mir nich jefallen. Du bist
mir zu tück'sch. Allens Jute, was ich im Leben erfahren
habe, des hab' ich von den Leuten erfahren, bei denen ich
diene. Und warum? Weil ich weeß, daß ich 'n Mensch bei
ihnen bin, und daß se Menschen sind wie ich, und daß se
ebensoviel auszustehen haben, wenn se ooch mehr verstehen
wie ich, villeicht jrade darum. Se kleben nich am Jelde.
Ich diene bei Leute, die haben zwar keens, aber se
brauchen ooch keens, mein Herr is 'n Künstler und des is
mehr wie Jeld.

**Radke.** Jawoll, ich weeß, der arme Mann, er hat 'ne

Wohnung wie 'n Baron und thut 'n janzen Dag nischt und pumpt sich bei seine Freunde durch und bezahlt keene Miete, des is 'n Künstler.

**Pauline.** Schafskopp, hast Du 'ne Ahnung, was 'n Künstler allens zu thun hat? Der kommt überhaupt nich zur Ruhe, der kennt keenen Feierabend, des seh' ich doch immer mit an. Und kricht er denn jehörich bezahlt für seine Arbeet? Im Jejenteil -- wenn er mal nischt verkooft, denn kann er verhungern. Kannst Du Dir des etwa vorstellen, daß De was arbeeten sollst, was De nich bestellt bekommen hast? Nich een Mal? Hundert Mal? Des janze Ateljeh hängt voll von Bilder, die er nich verloofen kann, nich etwa weil se zu schlecht dafor sind, sondern weil er se einfach nich dafor jemalen hat.

**Radke.** Na se werden wol zu schlecht sind, ich kann mir schon denken.

**Pauline** macht ihm wütend nach. Na se werden wol zu schlecht sind! Du traust 'n Menschen was zu!

**Radke.** Na allens was De da sagst, des is ja Unsinn — was hat 'n des mit Unsereenen zu thun?

**Pauline.** Doch hat es mit Unsereenen zu thun — jrade — es is sojar jenau desselbe -- blos wie die sich dabei benehmen, des is was anders. Pause. Ach manchmal, wenn se so mit'nander reden und ich mit Käthen dabei sitze, denn weeß ich janz jut, was se meinen, so über de Natur und de menschlichen Verhältnisse, schließlich de Bibel versteht man doch ooch als Kind, aber wie je's sagen, des versteh' ich nich, und denn bin ich so einsam, wenn

ich dabeisitze und frage mir immer: Warum jehörste nich
dazu?

**Radke** sagt leise, den Kopf in die Hand gestützt. Ja siehste, jetzt
sagte 's selber: Warum jehörste nich dazu?

**Pauline.** Aber Mensch, dafor kann doch meine Herrschaft nischt! Es is 'n verricktes Leben, des weeß ich,
aber wer dran Schuld is, des werden wir jlaub' ich nie
erfahren.

**Radke** düster. Doch — ich weeß es.

**Pauline.** Na ich weeß es nich. Und ich will's ooch
jarnich wissen. Ich will bei meine Herrschaft bleiben, denn
ich hab' die Leute lieb, so lieb — viel lieber wie allens
Andre.

Pause.

**Radke** in tiefer Erregung, steht auf, geht in der Küche auf und nieder,
dann bleibt er vor ihr stehen. Na des thut mir also leid, aber ich kann
Dir da nich bei lassen. Du mußt hier weg, am ersten
April mußte künd'jen und am ersten Mai machen wir
Hochzeit — verstanden — an unserm jroßen Feiertag, da
machen wir Hochzeit — darum bin ich heute raufjekommen,
um Dir des zu sagen.

**Pauline** mit verschränkten Armen. So — weiter nischt.

**Radke** an sich haltend. Ja und noch was . . . die Spielerei mit die Kerls hört jetzt uf . . . ich duld' es nich
länger.

**Pauline.** Was denn? Was willste denn?

**Radke.** Na Du weeßt schon, was ich meine. Ich
kenn' je alle . . . den Herrn Turnlehrer und den Nitzen-
schieber von de Pferdebahn und den verfluchten Schneider

5*

— na ich will mir jetzt nich jiften, die Spielerei hört also uf.

**Pauline.** Spielerei? Aber Mensch, des is doch keene Spielerei!

**Radke.** Was ich bei 'nem anständ'jen Meechen von fo'ne Art und Weife halte, des is 'ne Sache für sich ... aber wicht'jer is mir, was die andern Leute, die die Sache nich so beurteilen können, wie ich, was die davon denken.

**Pauline.** Is nich möchlich — — was denken fe denn?

**Radke.** Ja Du siehst eben in Deine Dummheit nich, in was for'n Licht Du Dir bringst bei alle Leute — Du verjißt ooch, daß De am ersten Mai meine Frau wirst und daß De mir mit Dein Betragen komprimierst, und darum verbiet' ich Dir jetzt als Dein Bräut'jam een für alle Mal die Dummheiten — — von jetzt an paß' ich uf, des laff' Dir jesagt sein.

**Pauline.** Na Du hast wol 'n Vogel, sage mal. Erstens: Wiefo Bräut'jam? Zweetens: Wenn De Angst hast vor dem schlechten Ruf, den ich habe, warum jibste Dir denn überhaupt noch mit mir ab?

**Radke.** Des is de richt'je Fraunzimmerantwort. Du weeßt schon, was ich meine. Du pochst blos immer uf des Schwein, was de hast, aber es kann ooch mal schief jehn, und ich wünsch' Dir blos, daß se Dir mal uflauern und Dir orndlich verbimsen. Der Krug jeht so lange zum Wasser bis er bricht.

Draußen rechts vom Korridor aus hört man Leierkstenmusik (Radetzkimarsch), die allmählich anschwillt und sich durch den

Korridor der Küche nähert. Pauline und Radke halten inne und blicken erstaunt auf die Thür.

**Pauline.** Nanu? . . . Jetzt kommen die wol in de Küche? . . . Nanu wird's Tag . . . .

———

Die rechte Thür wird geöffnet. Sperling kommt mit Lucie hereinmarschiert, hinter ihnen Graf Arnim und seine Schwester, Gräfin Anna. Sperling ist in seinem Kostüm, als Stubenmaler, in einem über und über mit Farben bespritzten Kittel, ebenso Hosen von undefinierbarer Farbe, blauen Strümpfen und dicken Holzpantinen. Auf dem Kopfe trägt er einen mächtigen zerbeulten Schlapphut, der ehemals schwarz war. Er hat eine kleine Drehorgel umgehängt, auf der er noch eine Weile spielt, dann hält er inne und bleibt mit Lucien vor Pauline stehn. Lucie ist in ihrem japanischen Kostüm und hält einen Teller mit Kuchen und Früchten in der Hand. Graf Arnim ist in der Kleidung unverändert, trägt aber ein Monocle und auf dem Kopf einen Lorbeerkranz, in den Händen ein kleines Tablett, darauf eine Karaffe mit Bowle. Gräfin Anna, als schwedisches Bauernmädchen gekleidet, ist ein junges zartes Mädchen mit feinen, etwas kränklichen Zügen und reichem, lichtblondem Haar — sie lehnt sich an den Bruder und betrachtet Paulinen. Pauline, ganz rot vor Vergnügen, amüsiert sich besonders über Sperling und den Grafen. Radke steht ganz betroffen, halb staunend, halb abweisend und trotzig in der Ecke rechts.

**Sperling.** Liebe Pauline — der Mensch —

**Graf Arnim.** Der Mensch soll nicht allein sein.

**Sperling.** Sehr richtig, der Mensch soll selten allein sein. Aber Pauline is ja auch nich allein, das hätten wir uns eigentlich denken können.

**Graf Arnim.** Gratuliere!

**Pauline** lachend. Aber Herr Iraf — wieso denn?

**Graf Arnim.** Na ist er denn das nicht? Der Bräutigam? zeigt auf Radke.

**Pauline.** I keen Jedanke! Radke macht eine heftige Bewegung.

**Sperling** zu Arnim. Siehste, siehste, man soll nie voreilig sein. Wo is denn die Bowle — gib mal her. Also Kinder, wir wollten euch nicht im Trocknen sitzen lassen, darum bringen wir euch 'n Schnitt von unsrer Bowle nebst delikaten Kuchen und Früchten und hoffen, daß auch du, lieber Bruder Radke, dich feste dran beteiligen wirst.

**Radke** sich allmählich fassend. Warum sagen Se'n eintlich Du zu mir? Ich kenne Ihnen ja jarnich? Alle lachen.

**Lucie** zu Sperling. Da haste's. Er kennt Dir jarnich.

**Sperling.** Na sei kein Frosch, Bruder Radke, greif zu, und wenn Du meine Bowle getrunken hast, dann wirste mich schon kennen.

**Pauline.** Na natirlich! Zu Radke. Sei doch keen Kasser! Alle lachen. Ich dank' ooch scheen! Und's erste Ilas uf euer Spezielles!

**Alle.** Bravo! Bravo!

**Graf Arnim** zu Anna. Annchen, komm' her, jetzt will ich Dich bekannt machen — führt sie zu Paulinen. Sieh mal Pauline, das ist hier also die kleene Schwester. Na? Auch'n bischen größer geworden, nicht wahr?

**Pauline** leise. Jotte doch, wie lieb! Nimmt ihre Hand und küßt sie innig.

**Gräfin Anna** mit leicht geröteten Wangen, in den Augen liebliche Freude über die neue Freiheit. Liebe Pauline, mein Bruder hat

mir alles erzählt. Du gefällst mir so. Das Leben ist so
schön, ich hab' es garnicht gewußt. Du weißt es viel besser
als ich. Wir wollen oft zusammensein.

**Graf Arnim.** Annchen, ich glaube Du hast'n kleinen
Schwips.

**Gräfin Anna.** Ach pfui. Das bischen Wein. Sie streichelt
Pauline. Wie hübsch Du bist.

**Pauline.** Na und Sie erst. Fräulein Gräfin.

**Sperling.** Kinder, ich denke wir ziehn jetzt wieder nach
vorn. Mit Kommandostimme. Ganz Bataillon — antreten!
Vorwärts — Marsch! Beginnt wieder den Marsch zu spielen, winkt Pauline. Auf Wiedersehn!

**Graf Arnim.** Auf Wiedersehn! Sie gehn hinaus.

**Pauline** winkt heftig mit dem Taschentuch. Adjö! Auf Wieder
sehn!

**Gräfin Anna** in der Thür. Pauline! Alle ab, die Musik ver-
klingt.

--------

**Pauline** ganz aufgeregt. Na was sagste dazu — des sind
Leute, was? Na nu wolln wir aber ooch nich bleede sein —
Holt Gläser aus dem Küchenspind. Komm' her, ich schenk' Dir ein.

**Radke** bleich und finster, hält die Hand über das Glas. Danke!

**Pauline.** Was?

**Radke.** Ich trinke nich.

**Pauline.** Was heeßt des? Na denn ißte doch wenigstens 'n Stück Kuchen oder 'ne Weintraube? Hält ihm den
Teller hin.

**Radke** schiebt den Teller weg. Ich will nischt haben! Du
hörst doch, ich will von die Leute nischt haben! Pauline starrt

ihn an, er redet sich immer mehr in Leidenschaft hinein. **Allens Schwindel!** Des sind de Schlimmsten, die so freundlich thun! Da
weeß denn unsereener erst recht, daß er in'n Dreck jehört!
Und Dein Herr des is der allerschlimmste. For den is'n
ehrlicher Arbeeterrock 'ne Maskerade. Und mir, mir haste
verleugnet? Vor die Jesellschaft? Biste schon so'ne Wind-
fahne jeworden, was?

**Pauline** losbrechend. Na denn jeh' doch zum Deibel nich
noch mal, denn jeh' doch! Ich will Dir ja nich mehr
sehn! Du bist 'n Straßenjunge jewesen und bist es noch!

**Radke.** Na und Du wol 'ne Jräfin? Olles Schaf!
Geht auf und nieder. Aber so haben wir nich jewettet. Jetzt
muß Feuer jemacht werden. Jetzt is de Reihe an mir.
Du kündigst also am ersten April und am ersten Mai
machen wir Hochzeit. Zieht den Überrock an. Juten Abend.
Will zur Thür.

**Pauline.** Is nich möchlich! Tritt ihm entgegen. Also ich
verzichte von jetzt an uf jeden Besuch, Herr Radke — ham
Se verstanden?!

**Radke** umkehrend. Na denn werd' ich Dir reinen Wein
einschenken, damit De weeßt was los is. Du kannst Dir
jarnich mehr weigern, denn Deine Eltern sind einverstanden. Holt einen Brief aus der Tasche.

**Pauline** starr. Was? Was soll das heißen?

**Radke.** Ich wollt's Dir bis jetzt nich sagen, weil ich
immer jedacht habe, ich komme von selber so weit — —
ich hab' ja nich jewußt, was Du für'n verrücktes Fraunzimmer bist, also hier is 'n Brief von Deine Mutter, da
erklärt se sich einverstanden und Dein Vater natirlich ooch.

**Pauline.** Meine Mutter?

**Radke** ihrem Blick ausweichend. Ja ja, ich hab' ihr jeschrieben und hab' ihr allens aus'nanderjesetzt, meine Verhältnisse und so, und daß ich Dir bekommen muß, und da hat se mir heute jeantwortet, daß se einverstanden is.

**Pauline** greift hin, wie ein Raubtier. Jib her!!

**Radke.** Sachte, sachte. Den behalt' ich. Aber hören kannste'n. Liest. „Jeehrter Herr Radke! Sie haben ganz recht, ich und mein Mann wir haben uns allens überlegt und sind einverstanden. Sagen Sie das der Pauline. Wir haben uns auf Ihnen erkundigt. Ein Mann wie Sie der weiß was er thut, wenn er heiratet. Und sie ist blos ein armes Dienstmädchen, die nichts hat und nichts kriegen wird. Da soll sie sich noch zieren, wenn ein Mann kommt wie Sie und sie haben will? Ein leichtsinniges Luder ist sie, das muß ich Ihnen als Mutter doch sagen. Wir haben nicht viel Freude an ihr erlebt. Wenn sie bloß ihr Leben genießen kann, da kümmert sie sich um garnichts und wenn sie alt ist, da möchte sie am liebsten ihre armen mühseligen Eltern zur Last fallen. Sagen Sie ihr das. Der Deibel soll sie holen, wenn sie sich weigert. Dann komme ich. Aber sie wird schon nicht, sie hat blos das große Maul und weiter garnichts. Unsern Segen habt ihr und die Aussteuer ist auch so weit fertig. Macht Hochzeit am ersten Mai, sie soll erfahren, daß ein Mädchen nicht faulenzen soll, sondern Frau und Mutter werden. Es grüßt mein Mann und Ihre Frau König."

Pause.

**Pauline.** So... also des.... 'ne jute Partie! Aha! Na nu weeß ich, was de Jlocke jeschlagen hat. Also jeh' man und schreib' ihr, es wird nischt draus. In diesem Leben nich. Ich thu' was ich Lust habe, des hab' ich immer jethan. Und Du, Du mußt wahrhaftig nich denken, daß De mir darum lieber wirst, wenn De Dir hinter die Alte steckst — des is nich nobel, Du — ich will'n Mann und den, den ich will!

**Radke** bebend vor Erregung. Und Du wirst meene Frau, des sag' ich Dir. Am ersten Mai da wirst Du meene Frau. Du kennst mir noch nich — wie bei Tag und Nacht — wie ich immer dran denke — Du wirst meene Frau, sonst jibt es'n Unjlück! Geht hinaus.

**Pauline** folgt ihm. Denn is' noch so! Schreit ihm nach. Denn is' noch so! Schmeißt die Thür zu.

# Dritter Akt.

Am Tage darauf. Sonntag. Gegen Abend, 6 Uhr. Im Tanzlokal von Klimsch in der Hasenhaide. Die Bühne stellt den Vorsaal mit Restaurant und Garderobe dar. Der eigentliche Tanzsaal ist nicht sichtbar, durch eine breite dunkelgrüne Stoffportiére, die den ganzen Raum durchzieht, vom Vorsaal abgetrennt. Hinter der Portiére rechts sitzt die Musik, Klavier, Geige, Flöte und Trompete. Im Vorsaal links der lange Garderobentisch, hinter welchem Frau Klostermann sitzt. Hinter ihr hängen an Ständern Hüte, Mäntel, Stöcke und Schirme, auch Soldatenmützen und Säbel. Neben der Garderobe links eine kleine Thür, durch welche die Kellner aus- und eingehen. Rechts vorn ist der Haupteingang. Daneben, etwas nach hinten gerückt, ein kleiner Kassentisch, an welchem der dicke Klimsch sitzt. In der rechten Hälfte des Raumes, auch links, sind mehrere gedeckte Tische mit Stühlen. Die Tische sind so verteilt, daß in der Mitte des Saales, rechts am Eingang und links vor der Garderobe reichlich Raum freibleibt. Eine Gaskrone erleuchtet den Vorsaal, eine größere ist hinter der Portiére im Tanzsaal sichtbar. Drinnen wird der Contre eben zu Ende getanzt, man hört Musik und den Maître Klostermann mit schnarrender

Stimme in schrecklichem Berliner Französisch kommandieren. An den Tischen sitzen einige Gäste. Zwei Kellner, ein langer und ein kleiner, laufen umher und bedienen. Von Zeit zu Zeit kommen neue Gäste von rechts und zahlen bei Klimsch Entree, dann gehen sie zu Frau Klostermann und legen die Garderobe ab. Jetzt hört die Musik drinnen auf. Klostermann klatscht mehrmals laut in die Hände, dann kommen allmählich die erhitzten Paare Arm in Arm in den Vorsaal und nehmen an den Tischen Platz, andere bleiben plaudernd und lachend an der Portière stehen. Die Männer sind außer den Soldaten meistens Commis und Handwerker, an den verschiedenen Stufen ihres Sonntagsstaates kenntlich. Ebenso die Mädchen: Verkäuferinnen, Schneiderinnen, Hausmädchen, in Kleidern, die der herrschaftlichen Mode nachgeahmt sind, aber nicht recht zu den armen Figuren passen; Glacéhandschuhe, oft weiße, an den Händen. Nur die Köchinnen sind ländlich und ungeschickt gekleidet, haben glühend rote Backen und Hände und fettglänzend frisiertes Haar.

**Klimsch** Ende Sechzig. Urberliner, Fallstaffigur, dickes verschwommenes Gesicht mit roter Schnapsnase und grauen Bartstoppeln, zusammengekniffene Trinkeraugen, ungeheurer Bauch und kurze Arme, sitzt an der Kasse, spricht asthmatisch, aber weltmännisch wie ein alter Wirt. Hat ein Glas Bier neben sich, das vom Kellner oft erneuert wird. Bertha, ick wundre mir.

**Frau Klostermann** korpulente Vierzigerin, mit schwarzem glänzendem Haar, pfiffigen Augen und ordinärer Stimme, verläßt ihren Garderobentisch und kommt mit ihrem Strickstrumpf zu ihm hingewatschelt. Wat meenen Se, Vater Klimsch?

**Klimsch.** Ick wundre mir, daß die Dicke noch nich da is.

**Frau Klostermann.** Die Dicke? Ach Sie meenen wol die Pauline? I die wird schon kommen, die kommt ja immer erst spät, wenn allens im Jange is, denn kommt se mit ihre Freundin.

**Klimsch.** Na ick sage Ihnen, Bertha, ick sage Ihnen, so lange die Pauline nich da is, so lange is nischt los bei Klimschens. Et sind da mindestens vier von die Herren, die blos uf die Pauline warten.

**Frau Klostermann** lacht. Zwee weeß ich schon. Der Schneider und der Pferdebahnschaffner. Die scheint se wieder versetzt zu haben. 'n dollet Meechen. Aber et is ja ooch keen Wunder, wer tanzt denn so wie die? Sowat finden se ja in de janze Haide nich mehr.

**Klimsch.** In de janze Haide? Schlägt auf den Tisch. In janz Berlin nich!! Bertha, jlooben Se mir, ick bin 'n oller erfahrner Kutscher, ick weeß Bescheid in Berlin. Det Meechen is de beste Tänzerin, die ick überhaupt jesehen habe. Wissen Se, so beim Walzer, wenn se so schleudert, mit de Röcke, so mit Inbrunst, det is jroßartig! Und dabei immer nobel! Det is der jrößte Effekt bei de Herren, deß se immer blos tanzen will und weiter jarnischt.

**Frau Klostermann.** Na heute werden wir noch was erleben. Der verrickte Schneider hat mir schon dreimal jefragt, ob die Pauline noch nich da is. Und der andre, was der Pferdebahnschaffner is, det is 'n oller Sünder, den hat se wahrscheinlich ooch betimpelt. Und was der Radke wol dazu sagen wird, wenn er herkommt — det is doch ihr Bräut'jam oder er redt sich's wenigstens in.

**Klimsch.** Na de Hauptsache is, daß de Herren ne Affraktion haben — det se wissen, det Meechen verkehrt bei uns. Det is jut for's Jeschäft, und darum will ick ooch

leen Entree mehr von se nehmen und von ihre Freundin
ooch nich — se soll bei uns verkehren, als wenn se zu
Hause is — uf die paar Troschen kommt et mir nich an.

—

Pauline und Ernestine von rechts. Beide in hübschen Pelz-
jacken und mit Muffen, die Wangen von der Kälte draußen
gerötet, Pauline hat einen verwegenen Federhut auf. Bei ihrem
Eintritt wenden sich aller Augen auf sie, sie wird von vielen
Seiten mit Zurufen begrüßt.

**Klimsch** erhebt sich, mit beiden Händen auf den Tisch gestützt. Ah!
Sei mir jejrüßt, Du holde Fee!

**Pauline.** Na lesen Se's man da hin. Juten Abend,
Vater Klimsch. Sieht sich vergnügt um. Nabend Klosterfrau. Zu
den Gästen hinüberwinkend. Nabend, nabend. Zu Frau Klostermann.
Na wie jeht's denn heute — scheint ja schon mächtig voll
zu sind?

**Frau Klostermann.** Na is man jut Paulineken, daß
Se endlich da sind.

**Pauline.** Wieso endlich? Des is immer jut. Ich
hab' mir übrijens noch nie so ufs Tanzen jefreut, wie heute
Abend. Heute will ich mir mal feste ausrasen — wissen
Se so hurrjeh! läuft zur Garderobe und reißt das Jacket ab, zieht die
Gummischuhe aus. Wenn's draußen so kalt is, des is jrade
was Scheenes, denn tanzt man sich warm. Zu einem Kürassier,
der sich ihr nähert. Nabend Piefke, na laß' man Deine Schneide-
rin nich sitzen, die macht schon Dogen, na ich weeß schon,
weeß schon, eenen Walzer haste jarantiert. Legt den Hut ab,
ruft Ernestine zu, mit der der alte Klimsch inzwischen schäkert. Na
Ernestine, Du fängst ja jut an! Die Ollen sind de

Schlimmsten, des laß' Dir jesagt sein! Kann man dalli, komm' her, zieh Dir aus, ich bin schon fertig. *Frau Kloster-mann hat ihre Garderobe genommen, Ernestine giebt jetzt die ihre ab.* Hängen Se's man nach vorne an de Ecke, Bertha, wo man's jleich wiederkricht, man kann nich wissen, es brennt villeicht oder sowas. *Verständigt sich lachend mit ihr, dann geht sie zu Klimsch hinüber, ruft dazwischen.* Nabend, Herr Wolff. *Zu Klimsch.* Na Vater Klimsch, wie jeht's, was macht's Jeschäft, wer is denn allens da heut Abend?

**Klimsch.** O feine Herrn, sehr feine Herrn. Mein liebes Kind, Sie werden mit Sehnsucht erwartet.

**Pauline.** Is nich möchlich — von wem denn? Na ich kann mir schon denken.

**Klimsch.** Herr Fink hat dreimal nach Ihnen jefragt — Herr Stabstrompeter Leske und denn der Kontrolör von de Pferdebahn —

**Pauline.** J was 'n Kontrolör —— man höchstens Ritzenschieber. Is Radke noch nich da?

**Klimsch.** Bis jetzt is Herr Radke noch nich erschienen.

**Pauline.** So —

**Klimsch.** Ja ick wundre mir ooch, daß Herr Radke erst nach de Ballkönijin erscheint.

**Pauline.** De Ballkönijin — des bin ich wol?

**Klimsch.** Wer sonst?

**Pauline.** Des is janz jut, ich heeße nämlich König. Na und Sie, Vater Klimsch? Noch immer uf'n Posten? Wie alt sind Se'n jetzt eintlich?

**Klimsch.** Ach fragen Se jarnich. Zu Ostern werd' ick siebzig. Aber wenn ick neunzig werde, denn werd' ick

ooch noch an de Kasse sitzen. Hier hat mir mein himm-
lischer Bater herjesetzt, hier bleib' ick sitzen. Ick bin ja ooch
det Wahrzeichen von meen Jeschäft, det wissen Se doch,
ick darf ja jarnich wechjehn. Und'n jutes Jlas Bier und
alle acht Tage so'n scheenet Meechen sehn und junge Leute,
die sich amesieren wollen, is det nich 'n feiner Beruf? Det
hält mir jung. Na prost, Pauline.

**Pauline** nimmt einem Kellner, der eben vorübergeht, ein Glas Bier vom
Tablett, stößt mit ihm an. Prost, oller Sünder. Trinkt. Sie verdienen ja ooch 'n schönes Stück Jeld dabei. Übrijens da
fällt mir ein — durchsehn wolln wir Ihnen nich — Holt
das Portemonnaie aus der Tasche. Da haben Se meene Jroschens.
Ernestine, drück' Dir nich — des is'n Meechen, da steht se
schon wieder mit 'n Andern.

**Klimsch.** Aber Fräulein, Se wolln mir doch nich beleid'jen?

**Pauline.** Ne des will ich nich, wieso denn?

**Klimsch.** Ick habe Ihnen doch eben jesagt, wie hoch
ick Ihnen schätze, ick habe Ihnen als Ballkönijin reklamiert —
und da wolln Se mir Entree bezahlen? Ne —

**Pauline.** Na Sie sind wol, natirlich will ich Entree
bezahlen.

**Klimsch.** Na also betrachten Se sich bitte von jetzt an
als unsern Ehrenjast. Zu Ernestine, die inzwischen herangekommen.
Und Sie ooch, Fräulein Ern'stine.

**Ernestine.** Aber Herr Klimsch, das können wir ja
jarnich verlangen.

**Pauline.** Jewiß. Ne des könn' wir ooch nich. For nischt
is nischt. Wenn ich mir amesieren will, denn will ich ooch

dafür bezahlen, und wenn Se nischt mehr von mir nehmen wollen, denn sag' ich jleich adjö.

**Klimsch.** Aber Fräulein — --

**Pauline.** Ja so is es und nich anders. Klostermann, wie jeht's Dir denn, mein Engel?

**Klostermann.** Ein kleiner, obeiniger Tanzmalire, der einmal bessere Tage gesehen, grangelocktes Haar und gewichster schwarzer Schnurrbart, etwas schmubliger Frack, vom Kommandieren heisere Stimme, welke Züge. Ah! Meine Damen! Sehr erfreut — aber warum so spät? Die Herren erwarten Sie schon mit Sehnsucht!

**Pauline.** Ja ich weeß schon, weeß schon, mit de Sehnsucht — laß' se man warten.

**Klostermann.** Aber Herrn Fink muß ich mitteilen, daß Sie da sind. Ah, da kommen sie schon.

---

**Fink** und **Bolle** drängen sich, da sie gleichzeitig **Pauline** und **Ernestine** erblickt haben, durch die Leute nach vorn.

**Bolle** in Civil und sehr fidel, sieht komisch und purzelig aus, man merkt, wie er sich zu dem vorwurfsvollen Tone zwingen muß. Da seid ihr ja! Na Meechens, ihr seid doch 'ne verfluchte Bande! 'ne halbe Stunde hab' ick am Rollkrug jestanden im Schnee und hab' mir beinah de Beene erfroren — haben wir nich verabredt, was? Am Rollkrug um fümwe, was?

**Pauline** zu Ernestine. Der hat'n Vogel. Hier im Vorsaal haben wir verabredt, wenn wir überhaupt verabredt haben.

**Bolle.** Na so 'ne Frechheit is mir noch nich vorjekommen.

**Fink** steht etwas abseits, blaß und scheu, mit heiß begehrlichen Blicken — jetzt nähert er sich Pauline. Nabend, Pauline.

**Pauline.** Wie der Bolle ausfieht — jroßartig! Wie'n Pfaffe uf Reisen.

**Fink.** Pauline ... siehste mer nich? Warum behandelste mer so, Pauline?

**Pauline** *(fährt zu ihm herum).* Herrjott zum Donnerwetter, was wolln Se denn noch von mir? Ich kenne Ihnen nich mehr, des wissen Se doch!

**Fink** *(ganz demütig, wie geprügelt, zieht sie nach vorn, um mit ihr allein zu sprechen).* Pauline ... es thut mir ja so leid — was soll ich denn machen? Na sei doch wieder gut, Pauline.

**Pauline.** Ne wissen Se, daß Se heute schon wiederkommen, des find' ich einfach unanständig.

**Fink.** Ich muß ja wiederkommen .. und wenn De mer tausendmal fortschickst ... Du bist ja so wunderhübsch, Pauline, ich kann ja ohne Dich nich leben — na Pauline — sei doch man wieder gut.

**Klostermann** *(klatscht in die Hände).* Walzer, meine Herrschaften! Walzer! Der König der Tänze! Bitte zu engagieren! *(Geht wiegenden Schrittes in den Tanzsaal voraus. Die meisten Gäste folgen ihm — Ernestine mit Bolle zärtlich untergefaßt.)*

**Fink** *(außer sich).* Walzer! Herste! Kannste da noch widerstehen? Willste Dir von so'nem Kommißsoldaten de Fißchen zertrampeln lassen? Wer tanzt denn so Walzer wie ich?

**Pauline** *(unwillkürlich).* Na Nadle! Schafskopp — dausendmal besser wie Sie.

**Fink.** Aber der is ja noch nich hier! Ach komm', ich schlepp' Dich rein!

**Pauline.** Von Schleppen is jarkeene Rede. Aber tanzen könn' wir'n Schnitt. Des is 'n feiner Walzer. Pfeift erst die Melodie mit, wiegt sich dabei, dann packt sie plötzlich den Schneider und tanzt mit ihm hinaus.

**Klimsch.** Nu hat er se doch wieder rumjekricht.

**Frau Klostermann.** Ach ja, aber wat will det sagen? Beim nächsten Walzer eschappiert se 'm wieder.

----

**Hippel** von rechts. In einem dunkelblauen Tuchanzug, etwas zu fein gekleidet für die Umgebung, trägt einen Rosenstrauß in Seidenpapier. Man merkt, daß er sich nicht sicher auf diesem Boden fühlt, er will sich und die Andern mit Unbefangenheit darüber wegbringen, wird aber durch die Absicht um so auffälliger. Um sich einen guten Eintritt zu machen, will er rasch und flott an Klimsch vorüber auf den Tanzsaal losgehen, wird aber dadurch zurückgehalten daß ihm Klimsch seinen Krückstock entgegenhält. Er bleibt etwas entrüstet stehen.

**Klimsch** jovial. Halt! Entschuld'jen Sie! Aber hier is 'n kleener Schlagbaum. Sie müssen nemlich erst Entree bezahlen.

**Hippel** errötet, sucht sich zurecht zu finden. Ach so, pardon, das wußt' ich nicht — ich dachte — in Halensee bezahlt man nämlich immer für die einzelnen Tänze . .

**Klimsch** mustert ihn. In Halensee? Det kann ja möchlich sind, det weeß ick nich — aber bei mir in de Hasenhaide bezahlt man Entree. Ick halt' et vom polit'schen Standpunkt aus for richt'jer, wenn de Herren vierzig Penn'je Entree bezahlen und de Damen zwanzig — et dürfen ooch blos anständije Damen bei mir verkehren, ick habe uf's Renommee zu achten, verstehn Se?

**Hippel.** Ja ja natürlich, freilich — Sie haben ganz Recht — — das ist ja wesentlich. Bezahlt.

6*

**Klimsch.** So nu noch 'n Fröschen — det is ooch wesentlich.

**Hippel.** Ach vierzig so — ja richtig . . . Na? Nu kann ich doch wohl durch?

**Klimsch** sehr höflich. Aber bitte recht sehr — da drüben is de Zardrowe bei diese scheene Dame — fürchten Se sich man nich.

**Hippel.** O bitte, blos den Hut — Geht über den Kassentisch stolpernd zu Frau Klostermann hinüber, die ihn lächelnd empfängt. Die Gäste sind auf Hippel aufmerksam geworden, beobachten ihn, einige zuscheln und lachen miteinander. Hippel merkt es und kommt aus der Röte und Verlegenheit gar nicht heraus.

**Frau Klostermann.** O Zott die scheenen Rosen — wol für Fräulein Braut?

**Hippel.** O nein, das heißt — wieviel hab' ich zu bezahlen?

**Frau Klostermann** verbeißt sich das Lachen und wechselt Blicke mit Klimsch. Na wolln wir sagen fünfundzwanzig Pennich. Aber det sind ja fufzig?

**Hippel.** O es ist gut. Bastelt an den Rosen.

**Frau Klostermann.** Aber nu bekommen Se ja 25 raus?

**Hippel** heftig. Sie hören doch, s'ist gut!

**Frau Klostermann** beleidigt und bissig. Ach so — det schenken wir de Armen.

**Der lange Kellner** leise zu Klimsch. Wat is 'n det for eener?

**Klimsch** leise. Halt'n Rand. Er ist jetzt über Hippel hinlänglich orientiert und will durch Liebenswürdigkeit seine erschütterte Haltung kräftigen. Sagt händereibend zu Hippel, der sich ihm eben wieder nähert. Na da.

werden unsre Damen aber 'ne Freude haben, wenn so 'n
feiner Herr mit ihnen tanzt.

**Hippel** zieht sich helle Glacéhandschuhe an. O bitte — sehr
schmeichelhaft. Man tanzt ja gerne mal 'n bißchen.
Räuspert sich. Jetzt wird wohl Walzer gespielt, nicht wahr?
An den Tischen hinten platzen einige Gäste, die neugierig zugehört, bei diesen
Worten heraus. Hippel sieht nervös hinüber, entgegnet mit einem hochmütigen
Gesicht, das ihm Feinde macht.

**Klimsch.** Ja wenn's nich Polka is, denn is et Walzer.
Aber Polka is et nich.

**Hippel** um irgend etwas zu sagen. Kellner! Glas Bier! Was
haben Sie — Pilsner oder Münchner?

**Der lange Kellner** grienend. Blos hellet Lagerbier.

**Hippel.** Dann bringen Sie mir 'n Cognac. Wieder
unterdrücktes Lachen im Hintergrunde. Hippel sieht sich um, dann zu Klimsch.
Ach sagen Sie mal, Herr Wirt, was ich sagen wollte, ver-
kehrt hier nicht ein Fräulein König bei Ihnen? Schnappt in
der Aufregung bei den letzten Worten über. Alle spitzen die Ohren.

**Klimsch.** Wieso?

**Hippel.** Wieso?

**Klimsch.** Na ick meene, mir is det blos so unjewohnt
— Fräulein König — die Herren nennen hier meestens de
Damen bei de Vornamen, wir sind et nich so nobel jewohnt.

**Hippel** herrisch und ungeduldig. Na also schön, das Fräulein heißt Pauline!

**Frau Klostermann** kann sich nicht länger halten, haut mit der
Faust auf den Garderobentisch und bricht in ersticktes Lachen aus, ebenso die
Gäste, nur Klimsch bewahrt seine Fassung.

**Hippel** fassungslos. Aber das ist doch wirklich — —

**Klimsch.** Na nehmen Se's man nich übel, lieber Herr

— Sie wissen ja nich, warum die alle so lachen. Kann selber kaum ernst bleiben. Jott Kinder, lacht doch nich, zum Deibel nich noch mal, wat soll denn der Herr von euch denken — ne Bertha, Du bist aber ooch zu albern. Jewiß, mein Herr, det Fräulein verkehrt bei uns, sojar sehr.

**Frau Klostermann.** Da is se schon. Hippel dreht sich um

———————

**Pauline** erhitzt und außer Atem aus dem Tanzsaal, kommt auf Frau Klostermann zu. Ne Bertha, ich kann mit dem Schneider nich mehr tanzen — det is'n gräßlicher Kerl. Wie ich den Kerl hasse . . . . . . Sieht Hippel. Um Jotteswillen, der Turnlehrer! Na des hat mir jrade noch jefehlt, nu komm' ich aus 'n Rejen in de Traufe. Hippel nähert sich ihr, sie muß lachen, im Uebermut. Aber fein sieht er aus, weiß Backe und mit Rosen! — 'n Abend Herr Hippel, also doch — haben Se herjefunden?

**Hippel** ist immer bemüht, mit ihr allein zu sprechen, dämpft seinen Ton, ist halb entzückt von ihrem Anblick und halb ergrimmt, daß sie so laut mit ihm verhandelt. Du Du — — Du bist ja nun doch nicht vor der Thür gewesen.

**Pauline.** For was for'ne Thür?

**Hippel.** Na hier unten vor der Thür — wir haben doch vor der Thür verabredet?

**Pauline.** Des weeß ich nich mehr. Ach Sie haben sich wol nich rinjetraut?

**Hippel** errötet, leise. Gott sprich doch nicht so laut, ich bitte Dich, was brauchen denn die Leute das alles zu hören?

**Pauline.** For wen sind denn die Rosen?

**Hippel.** Aber natürlich doch für Dich.

**Pauline.** Prachtvoll. Und im Winter. Aber Mensch, det koftet ja 'n Vermöjen. Ach wenn man sowas immer haben könnte. Bertha, riechen Se blos.

**Hippel** betrachtet sie, ist wieder ganz entzückt von ihr. Na nu wolln wir aber tanzen.

**Pauline.** Ja jleich, noch'n paar Sekunden — ich muß mir erst abkihlen — riecht an den Rosen ich bin so eschofsiert.

**Hippel.** Willst Du was trinken?

**Pauline.** Ne ne. Na meinswejen. Jlas Limonade.

**Hippel.** Also Kellner! Bedienen Sie hier? Limonade!

**Der kleine Kellner.** Jawoll, mein Herr.

**Hippel.** Wir können uns ja 'n bischen setzen. Er zieht sie neben sich an einen Tisch, spricht leise und zärtlich in sie hinein. Mein süßes Kind, die Rosen werden Dein Näschen nicht wieder loslassen, wenn Du immer daran riechst.

**Pauline** lachend. Ach so! Ne ne — aber sehn Sie heute fein aus.

**Hippel** preßt glücklich ihre Hand in beiden Händen. Gefall' ich Dir? Na und Du erst — wie Du heut aussiehst . . so hab' ich Dich ja noch nie gesehn — mein Einziges.

**Pauline.** Sie, det stimmt nich.

**Hippel.** Was denn, was denn?

**Pauline.** Ihr Einz'jet bin ich nich, des können Se doch nich behaupten.

**Hippel.** Ach laß' doch, laß' doch, was uns der Augenblick bescheert, das ist das Einzige, was wir haben.

**Pauline.** Sie, det is bequem.

**Hippel.** Ach laß' doch, laß' doch — wir woll'n jetz nur noch an den Augenblick denken.

**Klimsch.** Juten Abend, Herr Radke.

**Radke** ist rechts eingetreten. Im Überzieher, guter, dunkler Anzug, Stehkragen, schwarzer Schlips. Er sieht blaß und übernächtig aus. Hat Pauline und Hippel sofort beim Eintreten bemerkt und sieht, während er bei Klimsch steht und mit diesem spricht, zu jenen hinüber. Nabend Herr Klimsch, na ich hab' mir heute 'n bisken verspätet. Bezahlt Entree.

**Klimsch.** Um so besser, daß Se doch noch kommen. Se wissen doch, Herr Radke, wenn Sie nich da sind, denn fehlt uns der beste Tänzer.

**Radke** zieht langsam den Überzieher aus. Ach wirklich? Wer weeß? Des können Se nich behaupten. Sieht zu Pauline und Hippel hinüber.

**Pauline** ist bis jetzt scheinbar ruhig in Unterhaltung mit Hippel sitzen geblieben, bemerkt nun aber, daß Radke dem Explodieren nahe ist, steht plötzlich auf und sagt zu Hippel. Ach entschuld'jen Se mal 'nen Oogenblick. Geht rasch zu Radke hinüber. Nabend Karl, wo bleibste denn? Giebt ihm die Hand.

**Radke** etwas entwaffnet. Nabend. Na Du hast mir doch wol nich vermißt? Du hast Dir ja janz jut unterhalten, was? Mit Deinen Landsmann! Geht an ihr vorüber zur Garderobe, giebt seinen Überzieher ab, dann kommt er zurück. Wissen Se schon, Herr Klimsch, daß Pauline 'nen Landsmann jetroffen hat?

**Klimsch.** Ach is nich möchlich.

**Radke.** Jawoll, 'nen Potsdamer.

**Klimsch** lachend. Aber wo denn?

**Radke.** Jarnich weit von hier — da drüben sitzt er.

**Klimſch** kichernd. Der Herr da drüben?

**Hippel** macht eine heftige Bewegung und ſieht hinüber.

**Radke** erwidert den Blick, ſehr laut, faſt drohend. Jawoll, der Herr!

**Pauline** nimmt ihn beim Arm. Na komm', wir wolln jetzt tanzen, da ſpielen ſe wieder Walzer, na komm' doch.

**Radke.** Aber biſte denn nich angaſchiert, Du? Der Herr da drüben —

**Pauline** flüſternd. Ach Unſinn, laſſ' doch den Kaſſer, mit dem da tanz' ich 'n andermal.

**Radke.** Mit dem da tanzſte überhaupt nich — überhaupt nich — haſte verſtanden? Alſo los!

**Pauline** hat geſehn, daß der Kellner eben die beſtellte Limonade ge= bracht hat. Entſchuld'je, ich trink' noch 'n Schluck. Läuft hin= über und trinkt, zu Hippel. Proſt, Herr Hippel! Ach ſcheen, des kihlt.

**Hippel** iſt aufgeſtanden. Alſo . . . . .

**Pauline** hält ſeinen Arm. Sie, wir tanzen den nächſten Walzer — dieſen kann ich nich, den hab' ich meinen Freund Radke verſprochen.

**Hippel.** Was! Pauline, den haſt Du mir ver= ſprochen!

**Pauline.** Ach Unſinn, was heeßt 'n überhaupt ver= ſprochen, es ſind ja noch ſo viele hibſche Meechens da, die lange Anna und die Erneſtine von Suhrs, Sie werden ſchon was finden!

**Hippel.** Nein, das duld' ich nicht!

**Pauline.** Sie, machen Se mir nich beeſe —

**Radke** iſt langſam herangetreten. Na, woran liegt es denn?

**Pauline.** Ju jarnischt . . komm' . . . ich freu' mir
. . . aber blos dreimal rum Du, ich bin heut schwindlig.

**Radke** ganz von ihr gefangen genommen, in heißem zitterndem Ton.
J den Schwindel kennen wir . . . komm', mein Kind,
jetzt tanz' ich Dir zurechte. Küßt sie, dann schlägt er den Arm um
sie und läuft mit ihr hinaus.

— — — —

**Hippel** steht fassungslos da und starrt ihnen nach.

**Frau Klostermann** für sich, fast mitleidig. Jott ne, der
arme Kerl.

**Klimsch** steht auf, auf den Stock gestützt, winkt Hippel und flüstert
gutmütig. Sie lieber Herr, Se müssen de Jelejenheit wahr-
nehmen . . . det Meechen hat 'n Deibel in Leibe, bei der
da müssen Se forscher druffjehn, die hat bis jetzt noch
jeden betimpelt.

**Hippel** in Wut und Verlegenheit auffahrend. Was wolln Sie
denn?!

**Klimsch** tief beleidigt, sieht ihn von oben bis unten an. Na na
— man immer sachte — ick wollte Ihnen man blos 'n
juten Rat jeben — aber wenn Ihnen det unanjenehm is,
denn zieh' ick mir in't Privatleben zurück und denk' an
jarnischt! Nehm' Se's man blos nich übel! Setzt sich wieder.

**Der Kürassier** tritt zu Klimsch, sagt halblaut. Der feine
Willem will hier wol 'ne Lippe riskieren?

**Klimsch** noch entrüstet. Na ja, det sind de Richt'jen.

**Der Kürassier** wie oben. Na schmeiß' 'n doch raus!

**Klimsch** leise. J wo, was fällt Dir ein, wenn er allens
bezahlt . . . .

**Hippel** ist inzwischen nach links an einen Tisch gegangen, setzt sich, Klimsch und den Gästen den Rücken zukehrend, ruft: **Kellner!**

**Der kleine Kellner** devot. Jawoll, mein Herr!

**Hippel.** Speisekarte.

**Kellner.** Hier, mein Herr.

**Hippel.** Was ist denn fertig — kann ich Gänseleber haben?

**Kellner.** Gänseleber is nich mehr da — aber 'n scheenes Schnitzel oder 'n scheenes Bifstick oder 'n scheenes Gullasch —

**Hippel.** Na bringen Sie mir ein Beefsteak, halb englisch, und 'n Glas Bier. Haben Sie 'ne Zeitung?

**Kellner.** Den Vorwärts haben wir.

**Hippel.** Danke.

**Kellner.** Soll ich 'n bringen?

**Hippel.** Nein, danke. Der Kellner geht.

**Ein Gast** aus dem Hintergrunde. Da will eener den Vorwärts nich lesen?

**Klimsch** leise. Na laßt man, Kinder, laßt, fangt keenen Krakeel an — ihr wißt, ick dulde det nich in meen Lokal.

**Hippel** hat es gehört, reagiert aber nicht darauf und zerkrümelt nervös eine Semmel, die er aus dem Brotkorb genommen. Jetzt kommen Ernestine und Bolle untergefaßt aus dem Tanzsaal und ziehen Fink mit herein, der offenbar wütend widerstrebt.

**Ernestine.** Na kommen Se doch, Herr Fink, na sein Se doch vernünftig — Se werden uns doch darum nich's Verjnüjen stören —

**Fink** ganz aufgelöst. Laßt mer los, laßt mer los, Kinder, sonst gibt es 'n Unglück. Ich muß das Fraunzimmer zur Rede stellen.

**Ernestine.** Krach wolln Se machen? Ja das fehlt auch noch. Ne mein Lieber, ich habe Ihnen ja jestern jesagt, daß se bloß noch mit Nadle tanzt, aber Sie hören ja nich und mit dem Schlosser fangen Se man bloß nich an.

**Bolle** krebsrot vor Hitze, Vergnügen und Verliebtheit, in stiller Schadenfreude, sanft belehrend. Ja ja lieber Freund, wenn ick Ihnen raten derf, denn machen Se Schluß mit det Meechen. Se thun mir wirklich leid, daß Se sich um die schon soville jeärjert haben. Se is et nich wert, des können Se mir jlooben. Se is nich 'n kleenen Finger wert von meine Ernestine. Und was 'n richt'jer Mann is, der lernt ihr hassen — verstehn Se, hassen.

**Fink** plötzlich außer sich, packt seine Hand. Ja, Sie haben Recht. Ich hasse se auch. Das is so wahr, Sie wissen das garnich. Was hab' ich nich alles für das Fraunzimmer hergegeben. Aber sie soll es mal erfahren, daß 'n Mann se veracht'. Denn se is 'n Luder, 'n niederträchtiges, weiter nischt.

**Ernestine.** Sie, Sie, des jeht aber nich, wenn Sie so von meine Freundin reden, denn hat es mit uns jeschnappt. Erkennt jetzt Hippel, der sich eben scheu nach ihr umgesehen. Herr Hippel! Ja is es denn möchlich! Sie sind hier! Ach das is aber reizend, denn machen wir 'ne feuchte Ecke, was?

**Hippel** befangen, unangenehm berührt. Guten Abend — — ich bin eben im Begriff Abendbrot zu essen.

**Ernestine.** Aber das paßt ja fein, wir auch! Sie erlauben doch, daß ich vorstelle: Herr Turnlehrer Hippel — Herr Bolle von de Pferdebahn — Herr Schneidermeister Fink.

**Klimsch** kichernd. Turnlehrer is er.

**Der Kürassier.** Denn kann er ja jleich 'n Bocksprung durch de Thüre machen.

**Bolle** etwas betrunken, sucht sich Haltung zu geben. Sehr anjenehm. Bin ooch Soldat jewesen. Sie erlauben doch, daß wir Platz nehmen an Ihren Tische — ja —

**Hippel** verlegen, unbehaglich, betrachtet finster und eifersüchtig den Schneider. Bitte sehr. Sind denn genug Stühle —

**Bolle.** O det jeht schon, det jeht schon. Zu Ernestine Komm' mein Haseken, wir setzen uns da drüben — — Alle setzen sich. Fink hat Hippels Platz genommen.

Pause.

**Bolle** den Kopf in die Hände gestützt. Ja wie jesagt, de Weiber muß man kennen.

**Ernestine.** Ach sei doch jetzt stille davon.

**Hippel.** Um wen handelt es sich denn, wenn man fragen darf?

**Ernestine.** Ach Jott, das is ja Nebensache.

**Bolle.** Na wieso denn? Villeicht kann man den Herrn da for ihr warnen? So'n hibscher Herr, da thut man noch 'n jutes Werk? Sie kennen doch ooch die Pauline, was? Die Dicke mit'n blauen Kleid?

**Hippel.** Ja flüchtig.

**Fink** wieder in Leidenschaft geratend. Flüchtig! Na denn lassen Se sich jesagt sein von einem, der se kennt: Hüten Se sich. Falln Se nich rein auf die, wenn Se noch irgendwas als'n Mann auf sich halten.

**Hippel** innerlich über ihn beruhigt. Na Sie sind ja furchtbar leidenschaftlich.

**Bolle.** Er hat Recht!

**Hippel.** Aber meine Herren, ich bin Frauen gegenüber objektiv — am Ende haben wir selber Schuld.

**Ernestine.** Da seht ihr, so is es.

**Fink.** Ja Schuld haben wir, wenn wir reinfallen auf so'n kokettes, miserables — — Kellner! Ich muß was trinken — geben Se her, de Karte, schnell — kein Bier, ich muß was andres trinken.

**Klimsch** ruft hinüber. Wie wär's denn mit 'ne Pulle Sekt, Herr Fink? Matteus Müller, feinste Nummer, kriejen Se bei Borchardt nich.

**Fink.** Also los, 'ne Flasche Sekt, vier Gläser.

**Klimsch.** Na Theodor, denn stell' man jleich de zweete kalt.

**Fink.** Is gut, was kost' de Flasche?

**Klimsch.** Bier Mark — is jesunden, Herr Fink.

**Fink.** Gut! Gut!

**Ernestine** klatscht in die Hände. Ei fein, nu wird's fidel!

**Bolle** singt. Wer hat Dich du schöner Wald —

**Fink** lacht ingrimmig. Ja nu woll'n wir lustig sein.

**Hippel.** Aber meine Herren, wie komm' ich denn eigentlich dazu, hier auf einmal Ihr Gast —

**Fink.** Ach Unsinn, reden Se doch nich! Sie können sich ja revanschieren! Sie können ja auch 'ne Pulle bestellen! Ach Gott, ach Gott, und allein is man doch, es is 'n verfluchtes Leben.

———————

Pauline und Radke kommen aus dem Tanzsaal zurück. Beide ganz aufgelöst vom wilden Tanzen — Radke verliebter als je, auch Pauline in anderer Erregung, verbirgt und bemeistert aber alles mit Übermut und Trotz.

**Radke** hat den Arm um sie geschlungen. Warum haste denn uffjehört — wo's jrade am scheensten war! Na komm' doch!

**Pauline.** Aber ich kann nich mehr — was denkste denn — so rasend — was'n Mann noch kann, des kann'n Frauenzimmer nich mehr.

**Radke.** Ach Du kannst noch! Du kannst immer! Ach Du hast ja keene Ahnung — Paule, Paule, komm', wir müssen tanzen!

**Pauline.** Willste mir wol loslassen! Du Kerl! Du Biest! Was fällt Dir denn eintlich ein?

**Radke.** Du sollst mitkommen! Du! Ich weeß janz jut, was De vorhast! Aber ich duld' es nich!

**Pauline.** Du bist wol janz und jar von Jott verlassen.

**Radke.** Denk' an meene Worte, was ich Dir jestern jesagt habe!

**Pauline.** Na denk' Du ooch an meene Worte.

**Radke.** Paule!

**Pauline** reißt sich plötzlich von ihm los und läuft zum Tisch hinüber, wo die andern sitzen. Kinder! Des jefällt mir! Ihr habt's jut! Is ja ooch viel jescheiter wie des dumme Tanzen! Kann ich mit ran zu euch?

**Bolle.** Ick sage nischt dafor und nischt dajejen.

**Pauline.** Na denn stehn Se doch uf, Sie oller Dussel, denn hab' ich jleich 'n Platz.

**Hippel** erhebt sich eilig, in freudiger Überraschung. Aber bitte — nimm doch einstweilen meinen Stuhl, ich hol' mir 'nen andern! Thut es.

**Pauline.** Danke scheen. Zieht Radke an und setzt sich neben Hippel.

**Radke** ist unbeweglich stehen geblieben, zittert leise vor Gier und Empörung seine Lippen zucken heftig, seine Blicke gelten nur Paulinen und dem Turnlehrer, der neben ihr sitzt, und lauern, ob er sich wieder an sie heranmachen wird.

**Klimsch** fühlt das nahende Gewitter, ist schwerfällig aufgestanden, humpelt zu Radke und flüstert ihm zu. Na immer bloß ruhig Blut, Herr Radke, immer bloß ruhig Blut, ick bitte Jhnen, lassen Se sich bloß nich von de Fraunzimmer aus de Kontenanze bringen . . . Se wissen doch, jehören thut se Jhnen ja doch.

**Radke.** So? Meinen Sie?

**Klimsch.** Ja et is ja nich recht von ihr, jewiß, aber schließlich —

**Radke.** Is jut, Vater Klimsch, is jut.

**Pauline** ruft hinüber. Na was stehste denn da und kuckst mir an, als wollt'ste mir uffressen? Komm' her und setz' Dir, wir wolln uns Abendbrot bestellen!

**Radke** bleibt unbeweglich stehen und antwortet nicht.

**Ernestine.** Aber Herr Radke, sein Se doch jemütlich, was is Ihnen denn?

**Frau Klostermann** hat ihre Garderobe verlassen, ist zu Klimsch gekommen und flüstert. O Jeses, Jeses, jetzt wird et wat jeben.

**Pauline.** Ach Ernestine, laß' den man, an den is Hopfen und Malz verloren — jemütlich sein des kennt der jarnich. Es jibt so'ne Nachteulen, weeßte des nich, die sehn blos was, wenn's dunkel is — wenn die nich irjend was zu ekeln und zu schimpfen haben, denn fühlen se sich nich wohl. Aber ich bin anders — *lachend.* ich will Abendbrot essen. Was jibt's denn Scheenes?

**Hippel** dienstleifrig. Hier ist die Speisekarte.

**Pauline.** Also Kellner, liefern Se mir 'n Kalbskotlett.

**Hippel.** Kellner, ein Kalbskotlett.

**Pauline.** Mit Sparjel.

**Hippel.** Mit Spargel.

**Pauline.** Und nachher da ess' ich noch wat Schmunzliges nach. Habt ihr Windbeutel mit Schlagsahne? Also scheen, und 'n Jlas Bier dazu.

**Fink.** Aber Du kannst ja von unsern Sekt trinken —

**Pauline.** Ne, wech mit det Zeuchs — villeicht später.

Der Kellner will gehen. Radke tritt ihm in den Weg.

**Radke.** Sie Kellner —

**Kellner.** Jawoll, mein Herr?

**Radke.** Des Essen, was da eben for die Dame bestellt worden is, des jeht uf meine Rechnung, verstanden?

**Kellner.** Ja aber ich weeß nich, der Herr da drüben —

**Pauline.** Was is denn los?

Pauline.        7

**Kellner.** Der Herr meent, des Essen, was eben bestellt worden is, des jetzt uf seine Rechnung —?

**Hippel.** Was soll denn das heißen? Ich hab's bestellt und damit basta!

**Radke** langsam. Meinen Sie? Na bestellen können Se's ja, aber meine Braut wird's nich essen.

**Hippel.** Wer?

**Radke.** Meine Braut! Sind Sie schwerhörig?

**Pauline.** Du hast wol'n Vogel, sage mal — willste mir etwa noch's Essen verbieten?

**Radke.** Des da verbiet' ich Dir.

**Hippel.** Ach Sie sind gottvoll.

**Radke.** Na was Sie sind, des ersparn Se mir wol zu sagen.

**Hippel.** Na wir wolln uns jetzt nicht weiter aufregen — ich wenigstens, ich d e n k e nicht daran mich aufzuregen — das Fräulein soll einfach entscheiden, ob sie sich lieber von Ihnen bedienen lassen will oder von mir.

**Der Kürassier** leise zu Radke. Na Mensch, det läßte Dir jefallen? Von so eenen?! Na Du bist aber ooch . . .

**Pauline.** I ich hab' schon jarkeenen Appetit mehr uf's Essen. Weeßte Karl, Du kannst Dir wirklich bejraben lassen. Nu will man sich mal'n bisken amesieren, aber bei Dir is sowas nich möchlich. Na ich wer' mir's merken. Steht auf. Komm' Se, Herr Hippel, da spieln se Polka Masurka, wir tanzen noch'n Schnitt. Sie wolln doch?

**Hippel** ganz überrascht und etwas ängstlich. Aber mit tausend Freuden —

**Radke** tritt ein paar Schritte vor. Was willste?

**Pauline.** Jrüß' Muttern.

**Radke.** Du darfst bloß mit mir tanzen!

**Pauline.** Ach mach' Dir doch nich lächerlich!

**Radke.** Pauline!!

**Pauline** mit flammenden Augen, dicht vor ihm. Ja?! Faßt Hippel unter, läuft mit ihm hinaus.

— — — — —

Schwüle Pause. Die Gäste sind aufmerksam geworden und stehen im Kreise herum. Radke ist in seiner Erregung ratlos.

**Klimsch** leise zu Frau Klostermann. Ne weeßte Bertha, da kann ick nich mehr mit, det is'n Luder.

**Frau Klostermann** zitternd. Ach um Jotteswillen — —

**Ernestine** bellommen. Na wir brauchen uns ja darum jarnich stören zu lassen . . . .

**Bolle** in verhaltenem Triumph. Ne ne, det wolln wir ooch nich — — Fängt plötzlich pruschend an zu lachen, verschluckt sich und kann sich garnicht beruhigen.

**Ernestine.** Aber Justav.

**Fink** sitzt, Radke den Rücken zukehrend, sarkastisch lächelnd da. Ja ja — Sie lachen — ich weiß es nachzufühlen — aber was nützt das alles — die Dummen werden eben nich alle.

**Radke** plötzlich auffahrend, tritt hinter Fink und legt ihm die Hand auf die Schulter. Was ham Se jesagt?

**Fink** dreht sich um und will sich erheben, erbleicht. Wa — wa — was is denn? Was — was wolln Se denn?

**Radke.** Ich will wissen, was Se da eben jesagt haben.

**Fink** retiriert, den Stuhl vor sich berschiebend, nach links. Aber wie kommen Sie mir denn vor —?

7\*

**Bolle** steht auf, vom Wein ermutigt. Ja wat wolln Sie denn eintlich, Sie —

**Radke** drohend. Und wat willst Du denn, Du dicke Wanze!

**Ernestine.** Aber Herr Radke!

**Klimsch.** Aber meine Herrn —

**Bolle.** Na Sie haben Jäste, Herr Klimsch, det muß ick sagen —

**Klimsch.** Meine Herren, wenn Se sich aber nich ruhig verhalten können —

**Ein Gast** aus dem Hintergrunde. Schmeißt doch den Radke raus, der will schon wieder Krakehl machen!

**Radke.** Mir wollt ihr rausschmeißen? Sieht sich um.

**Frau Klostermann** leise. Um Jotteswillen, Vater Klimsch, soll ick nich lieber jleich'n Schutzmann holen?

**Klimsch** allmählich in Wut geratend, der alte Hausknecht in ihm erwacht. Wenn Se sich ruhig verhalten, Herr Radke, wie'n anständ'-jer Mensch, denn denkt hier keener dran Ihnen rauszu-schmeißen.

**Bolle.** Aber det is doch keen anständ'jer Mensch, hähä.

**Radke** von Klimsch zurückgehalten. Du Mistkeber! Verfluchter Ritzenschieber! Gelächter und Durcheinanderrufen.

————

Allmählich sind alle Gäste, durch den Lärm angelockt, in den Vorsaal gekommen. Die Musik bricht ab. Klostermann kommt mit verstörter Miene herein — zuletzt Pauline und Hippel.

**Klostermann.** Um Gotteswillen, was ist denn los! Aber meine Herren, am Sonntag!

**Bolle** außer sich. Ick lasse mir nich beleid'jen! Ick bin Beamter! Ick lasse mir nich beleid'jen!

**Hippel** mit Pauline vortretend. Ruhe, Ruhe, meine Herren.

**Radke** geht auf ihn zu. Wie können Sie sich unterstehn mit meine Braut zu tanzen, wenn ich's verboten habe?

**Hippel.** Sie, ich verbitte mir den Ton — was fällt Ihnen eigentlich ein, Sie sind ein unverschämter Kerl!

**Radke** giebt ihm plötzlich eine schallende Ohrfeige.

Allgemeiner Lärm.

**Kürassier.** Donnerwetter, die hat jesessen.

**Ein Gast.** Mitten in's Zifferblatt.

**Pauline.** Jetzt wird et jemitlich.

**Hippel.** Laßt mich los!

**Bolle.** Haut ihm!

**Fink.** Der Schlosser muß raus!

**Ernestine.** Ach Jeses, Jeses!

**Radke** zu Fink. Da haste eene, damit De Dir nich be-klagst — und mit Dir da red' ich ooch'n Wörtchen — geht auf Bolle los.

**Pauline** hält ihn an den Rockschößen fest. Aber biste denn des Deibels — Es haben sich Parteien gebildet, die Meisten wollen auf Radke einbringen, der sie gewaltig abwehrt.

**Frau Klostermann.** Vater Klimsch, noch'n Oogenblick, mein Mann holt schon 'n Schutzmann.

**Klimsch** drängt sich zitternd vor Wut zwischen die Kämpfenden. Is meen Lokal 'ne Räuberhöhle?! Jleich hört'r uf! Ver-fluchte Bande!

**Gäste.** Haut ihm!

**Hippel.** Aber ist denn kein Schutzmann da! Natür-lich wieder kein Schutzmann zu finden!

Ein großer, dicker Schutzmann kommt eilig mit Klostermann von rechts hereingestolpert.

**Ein Gast.** Da kommt der Blaue!

**Ernestine** weinerlich kreischend, stampft mit den Füßen. Still doch! Die Polizei!

**Der Schutzmann** trennt allmählich mit Klimsch und Klostermann die Kämpfenden, bis etwas Ruhe eintritt.

**Hippel.** Herr Schutzmann, ich bin in gröblicher Weise beleidigt worden!

**Bolle.** Ick ooch! In jröblicher Weise!

**Fink.** Verhaften Se man gleich den Schlosser, Herr Schutzmann!

**Schutzmann** grob und phlegmatisch. Seid mal stille. Herr Klimsch, wer is denn schuld?

**Klimsch.** Seit fufzehn Jahre is mir sowas nich passiert. Ick halte jewiß uf's Renommee und jute Bedienung, ick kenne meene Jäste wie mir selbst, und wenn sich eener injeschlichen hat, der hier nich herjehört —

**Schutzmann.** Wer hat sich denn injeschlichen?

**Frau Klostermann** zeigt auf Hippel. Na der da! Der Herr da! Ja Sie!

**Schutzmann** zu Hippel. Also Sie haben zuerst jehauen.

**Hippel.** Ich?!

**Fink.** Ach Unsinn, der Schlosser!

**Schutzmann** wird erregt. Sie, mäß'jen Se sich! Ach Unsinn dürfen Se zu mir nich sagen! Ham Se verstanden!

**Bolle** unwillkürlich. Jott is des'n Dussel.

**Schutzmann.** Und Sie, mit Ihnen red' ick ooch'n Wörtchen! Na ihr kommt jetzt alle mit uf de Wache, da wird sich's zeigen — vorwärts marsch!

**Fink.** Auf de Wache! So! Na denn nehmen Se man auch gleich den Schuldigen mit, Herr Schutzmann, damit sich's auch lohnt! Das Mädel da drüben, die Dicke, die is schuld! Das is'n kokettes Luder, die hat uns alle ausgenutzt bis auf's Letzte, hat uns betrogen und auf'nander gehetzt, da is es keen Wunder, daß'n Mann zuletzt'n Verstand verliert — das werden Ihnen hier alle bezeugen, nich wahr, die Pauline hat Schuld.

**Bolle.** Jawoll, det verlang' ick, det Meechen muß mit uf de Wache.

**Ernestine.** Pfui, Justav.

**Die Mädchen** vortretend, durcheinander. Jawoll, Herr Schutzmann — des is de Richt'je — die müßten Se kennen — jetzt hat se sich endlich was anjericht' —

**Klimsch.** Herr Schutzmann, det Meechen hat keene Schuld! Jott quatscht doch nich, wat soll se denn for Schuld haben!

**Frau Klostermann.** Pauline bleibt hier!

**Klostermann.** Auch ich möchte ein Wort für das Fräulein einlegen.

**Pauline.** Laßt man, Kinder, laßt, ihr braucht mir jarnich zu verteid'jen, ich kenne Herrn Lehmann — ich kenn'n besser als ihr. Herr Lehmann, ich verlasse mir druf — Sie werden mir sowas nich anthun, wenn ich keene Schuld habe. Hat Thränen in den Augen und legt ihre Hand auf seinen Arm.

**Schutzmann.** Ja meen' Dochter — die sagen's aber doch alle?

**Pauline.** Jott uf die da können Se sich doch nich verlassen. Die Meechens sind neidisch, weil ich hübscher bin und besser tanzen kann, und die Männer — ja was kann ich denn dafor, daß se mir alle nachloofen und sich nachher verleilen, wenn se eifersüchtig sind? Ich mach mir aus keenen was, des kann ich beschwören, im Jegenteil, bloß Arjer hab' ich davon. Sie sehn doch, hier vor alle Leute muß sich'n anständ'jes Meechen wejen sowas verleid'jen. Aber des sind eben jarkeene Männer — die haben keene Ahnung, was Bildung is. Des sagen Se ihnen man uf de Wache, Herr Lehmann — von Ihnen da können Se sowas lernen, wie'n Mann sich zu benehmen hat, und daß'n anständ'jes Meechen sich nich von jeden belieb'jen faulen Kerl beleid'jen läßt!

**Schutzmann.** Na sei doch man stille — wat jeht denn mir die janze Jeschichte an — det jeht mir jarnischt an — ick habe mir bloß an de Thatsachen zu halten. Wie ick hier rinjekommen bin, da hab' ick jesehn, daß sich viere jehauen haben — *zeigt auf Radke, Hippel, Fink und Bolle* der da — und der da — und der da — und der da. Die viere müssen mit uf de Wache — ihr andern bleibt hier. Wer anjefangen hat, det wird sich uf de Wache zeijen.

**Fink.** Ich protestiere!

**Bolle.** Ick ooch!

**Hippel.** Herr Schutzmann, ich schwöre Ihnen — Sie sehn doch, ich bin verletzt, meine Nase blutet —

**Schutzmann.** Ach Sie wolln wol Ihren Namen nich nennen? Ja det kennt man. *Zu Radke.* Also los!

**Radke.** Fassen Se mir nich an!

**Schutzmann.** Was? Zum Donnerwetter — — Widerstand jejen de Staatsjewalt?!

**Radke.** Ick laß' mir nich anfassen! <small>Geht rechts hinaus.</small>

**Schutzmann.** Na warte — der hat Schuld! Det weeß ick — komm' Se mit! <small>Ihm nach.</small>

**Klimsch.** Raus!

**Gäste.** Raus! <small>Fink, Bolle und Hippel wehren sich, werden aber von Klimsch und den Gästen rechts hinausgedrängt, die Treppe hinunter, so daß schließlich alle draußen sind und der Vorsaal leer ist. Pauline und Ernestine sind allein zurückgeblieben.</small>

**Pauline.** Tine — det freut mir. <small>Fällt ihr um den Hals.</small>

**Ernestine.** Aber was soll denn bloß werden — siehste, ich hab's Dir immer jesagt —

**Pauline.** Na Schaf, ich bin se los! Und Radke hat'n Denkzettel! Ach warum spielen die Kerle nich! <small>Läuft nach hinten, ruft in den Tanzsaal.</small> Warum spielt ihr denn nich?

**Ein Musiker** <small>erscheint verstört.</small> Aber't is ja keener mehr da — —?

**Pauline.** Keener? Sind wir nich da? Na spielt doch zum Donnerwetter, wozu bezahl' ich denn mein Jeld?

**Der Musiker.** Aber —

**Pauline.** Ihr kricht ooch jeder 'n Jroschen!

**Der Musiker.** Na meinetwejen. <small>Geht zurück. Sie spielen gleich darauf einen Galopp.</small>

**Pauline** <small>faßt Ernestine um und tanzt nun leidenschaftlich ganz allein mit ihr in den Saal hinein.</small>

_____

# Vierter Akt.

Die Küche. Am nächsten Sonnabend. Vormittags. Helles Sonnenlicht eines klaren Wintertages. Pauline sitzt auf dem Küchenstuhl, hat eine Schüssel im Schooß und schält Kartoffeln, Käthe sitzt auf einer Hutsche ihr zu Füßen.

**Käthe** sechs Jahre alt, in einem hellen Babykleid, auf das die dunklen Loden fallen. Paulinechen — wir wollen wieder Gräfin spielen.

**Pauline.** Ne laß' man, Kätheken, heut kann ich nich.

**Käthe.** Ach aber warum denn?

**Pauline.** Mir is heut nich danach.

**Käthe.** Ach bitte bitte — das is so schön.

**Pauline.** Na also los — Du läßt ja doch nich locker. Was willste denn sein? Ich bin de Gräfin, was, und Du bist mein ält'ster Junge?

**Käthe.** Ach nein, ich möchte lieber Du sein, wie Du'n kleines Mädchen warst.

**Pauline.** Na warum möcht'ste denn nich lieber so'n Grafenkind sein?

**Käthe.** Ach das is doch viel schöner — so'n Grafen-

kind das hat doch alles, und wenn ich Du bin, dann krieg'
ich doch mehr geschenkt?

**Pauline.** Also meinswegen. *Pause. Käthe sieht sie in verstohlen freudiger Erwartung an.* Paulinechen, willste heut Nachmittag mit in den Wald kommen Erdbeeren pflücken? —
Meine Kinder kommen auch mit . . . *Bricht plötzlich ab, fährt mit
der Hand über die Augen.* Ne, 's jetzt heut nich.

**Käthe** *erschrocken.* Ach Gott . . .

**Pauline.** Wenn ich blos nich so traurig wär. Unser
Wald is scheen, nich wahr, Paulinechen? Da trifft man
keene Menschenseele, und allens is so jut.

**Käthe** *nach kurzer Pause.* Sind viel Erdbeeren im Wald?

**Pauline** *lebhaft.* Aber des weeßte doch? Am Schlingerbach
da jlüht es ja förmlich von reife Beeren . . . Ach die
Ernte wird scheen diesen Sommer. Blos schade, daß soviele
Blumen mit's Jetreide abjemäht werden. *Pause.* Ich werde
nich mehr lange leben. Ich bin ja noch so jung, aber
ich sterbe ruhig, weil ich weeß, daß es Dir nich schlecht
jehn wird, Paulinechen.

**Käthe** *leise.* Nun mußt Du sterben.

**Pauline** *sitzt träumend da, dann nimmt sie sich plötzlich zusammen, steht
auf.* Ach Unsinn. Spielliese. Sowas spielt man doch
nich. *Geht zur Maschine.*

**Käthe** *geht ihr nach.* Dann können wir ja was Anders
spielen? Du bist Dein Vater — und ich bin Du — und
dann gehen wir zusammen auf Wache?

**Pauline** *lachend.* Wie is des? Ne ne, heut is' jenuch,
ich werde ja mit'n Essen nich fertig. *Pause. Sie macht sich am*

Heerde zu schaffen. Warum spielste denn eintlich nie mit Deine Mutter, immer blos mit mir?

**Käthe.** Ach Mama kann ja nich spielen.

**Pauline.** Na na —

**Käthe.** Nein wirklich, Mama kann nich so spielen wie Du, Mama hört immer gleich wieder auf.

**Pauline** ohne sie anzusehen. Aber was willste denn machen, wenn ich mal nich mehr bei euch bin?

**Käthe.** Wo willste denn sein?

**Pauline.** Na wenn ich mal von euch fortziehe?

**Käthe.** Aber Du ziehst doch nich fort?

**Pauline.** Aber wenn ich nu mal ziehe?

**Käthe** sieht sie an, hat Thränen in den Augen.

**Pauline.** Na mach' nich so'ne Angstoogen — kleener Kasser — ich zieh' ja nich fort.

--------

**Lucie** schließt links die Thür auf und führt ihr Bicycle herein. Sie ist in einem hübschen dunklen Radelkostüm, hat einen Schneeglöckchenstrauß am Busen und eine schottische Mütze auf. Tag.

**Pauline.** Nanu? Wo kommen Sie denn her?

**Lucie.** Aus Wannsee — oder wenigstens beinah — da draußen wurd' es zu matschig.

**Pauline.** Sie radeln doch, wo Se können.

**Lucie** etwas außer Atem, das Gesicht ganz rosig vom Fahren in der frischen Luft. Heut is es wunderbar — es riecht schon förmlich nach Frühling, man weiß garnicht mehr, daß vorgestern Schnee gelegen hat. Na Käthe? Was machste denn für'n Gesicht? Is sie mal wieder auf die Nase gefallen?

**Pauline.** Ne jarnich.

**Lucie.** Na warte mal. Sie öffnet ein Packetchen, das an der Lenkstange hing. Da haste'n Mohrenkopp, der wird Dich beruhigen.

**Pauline.** 'n jlückliches Jemüt. Nu lacht se wieder. Na nu loof' man nach vorne zu Papa, der wird schon uf Dich lauern, er hat'n janzen Vormittag jemalen.

**Lucie.** Der Fleiß is ja unheimlich. Käthe läuft hinaus. Lucie lehnt das Rad an die Nochmaschine und nimmt die Mütze ab. Na und Sie, Pauline? Sie machen ja wieder so traurige Augen? Schon die ganze Woche? Was ist Ihnen denn eigentlich? Zieht die Handschuhe aus.

**Pauline.** Ach Frau Sperling . . hält inne.

**Lucie.** Warum sagen Sie mir's denn nicht? Sie haben mir doch sonst immer alles erzählt? Pauline.

**Pauline.** Ach Jott, Frau Sperling — des is 'ne beese Woche für mich.

**Lucie.** Warum?

**Pauline.** Na ich habe Ihnen doch von vorichten Sonntag erzählt — bei Klimschens — wie's da zujejangen is —

**Lucie.** Ja ja — recht heiter — na ist noch was nachgekommen?

**Pauline.** Ne des jrade nich . . aber . . . Na es hatte ja ooch sein Jutes soweit, daß ich die Kerle dabei losjeworden bin for ew'je Zeiten, den Bolle und den Hippel und den Fink.

**Lucie.** Und Radke?

**Pauline** sieht zu Boden. Der muß wahrscheinlich brummen.

**Lucie.** Um Gotteswillen — aber warum denn?

**Pauline.** Aus Widerstand jejen de Staatsjewalt oder sowas. *Aufblickend.* Villeicht kann er's ooch mit Jeld ab-machen — was meenen Se, Frau Sperling?

**Lucie.** Ja es kommt drauf an . . . Na nun sehn Sie, Pauline, wohin das führt!

**Pauline.** Ach um den Radke thut es mir nich leid — im Jejenteil, des is ihm janz jesund — — aber ich, ich hab'n Kater, 'n Riesenkater nach all' die Jeschichten. Nich etwa weil ich Schuld dran habe — ne, ich weeß janz jut, was ich wollte — aber weil es allens, was drum und dranhängt, weil es doch schließlich so dumm und nieder-trächtich is. Ich jeh' nich mehr zu Klimschens, ich jeh' nich mehr mit Ernestine, ich will überhaupt von nischt mehr wissen.

*Pause.*

**Lucie.** Hm — das ist ja merkwürdig. Was haben Sie nur? Da muß doch noch was Andres hinterstecken?

**Pauline.** Ja also stelln Se sich mal vor — ich bin in 'ne anjenehme Lage bin ich — am Montag krieg' ich 'n Rohrpostbrief von Herrn Radke, wo er mir mitteilt, daß wir beide sterben müssen — erst ich und denn er — um-jekehrt wär's mir lieber.

**Lucie** *erschrocken.* Um Gotteswillen! Ach aber auf solche Geschichten dürfen Sie nichts geben . .

**Pauline.** Na — er is zu allem fähig.

**Lucie.** Aber Pauline! Ich begreife Sie garnicht! Sie müßten ihn bei der Polizei anzeigen!

**Pauline.** J Jott bewahre — denn hab' ich janz und jar bei ihm verspielt. Aber was des Schlimmste is —

am Montag hab' ich den Brief jekricht und heut is Sonnabend — er hat sich also de janze Woche nich sehen lassen . . . Ja des hat er noch nie jethan, Frau Sperling.

**Lucie.** Ach Sie denken doch nicht etwa —

**Pauline.** Ne ne! Um Jotteswillen . . Aber er is nu mal so 'n leidenschaftlicher Kerl, des hab' ich erst neulich wieder beim Tanzen jespürt — er hat 'ne Riesenkraft, des muß man ihm lassen — aber er proppt blos immer allens nach innen, wissen Se, allens nach innen — und wenn er nu mal 'n Vogel kricht und sagt, ich wer' doch dem Fraunzimmer nischt zu Leide thun, ich muß doch selber dran jlauben — denn — —

**Lucie.** Ach kein Gedanke! Was bilden Sie sich ein! Ich glaube, der macht sich nich'n Hundertstel soviel Sorge um Sie, wie Sie sich um ihn!

**Pauline.** Des kann ja möglich sind . . Des will ich ja nich bestreiten. Aber daß er sich jarnich hat sehen lassen, Frau Sperling . . . .

Pause.

**Lucie.** Na wenn Sie sich Sorge um ihn machen, Pauline, dann würd' ich doch an Ihrer Stelle mal einfach in die Werkstatt gehn und nach ihm fragen?

**Pauline.** Ja daran hab' ich ooch schon jedacht. Aber denn sitzt er womöglich selber da und jrient mir an, und des, des möcht' ich ihm doch ooch nich jönnen . . . .

Es klopft. Pauline fährt heftig zusammen.

**Lucie.** Na na — warum denn so schreckhaft — das wird der Milchmann sein.

**Pauline** geht zur Thür und öffnet. Ern'stine! . . Was willste

denn? Ich hab' jetzt keene Zeit — mach' daß De runter-
kommst!

**Ernestine** in der Thür, halblaut und eifrig. Jott bloß 'n paar
Worte Du — —

**Pauline** heftig. Na Du siehst doch, meene Frau is da.

**Lucie** nähert sich. Was ist denn? Haben Sie Pauline
was zu sagen?

**Ernestine** twinernd. Ach juten Morjen, jnäd'je Frau —
entschuld'jen Se bloß, daß ich störe — aber es is sowas
Wicht'jes — —

**Pauline.** Was denn? For mir?

**Ernestine.** Ja ja, Du wirst es mir jarnich jlauben —
Du hast nämlich Besuch bekommen —

**Pauline.** Besuch?

**Ernestine.** Ja ja — na faß' mir doch nich so an —
es is 'ne olle Bauernfrau, sie sagt — na es is doch Deine
Mutter — —

**Pauline** zurückfahrend. Mutter?! Sie will zur Thür hinaus,
bleibt aber plötzlich wieder stehen.

**Lucie.** Was denn — was reden Sie denn — Paulinens Mutter?

**Ernestine.** Ja ja, jnäd'je Frau — se is eben anje-
kommen — und nu will se doch Paulinen jern sprechen —

**Lucie.** Wo denn? Wo ist sie denn?

**Ernestine.** Se steht noch unten an de Treppe, soll ich
se rufen?

**Pauline** hält sich den Kopf. Ja ich weeß nich — Frau
Sperling — bin ich verrückt — oder is die verrückt — —

**Lucie.** Na regen Sie sich doch nicht so auf, Pauline —

das hat doch garkeinen Zweck — Ihre Mutter will Sie eben überraschen — na gehn Sie ihr doch entgegen.

**Pauline** halb vor sich hin. Des hat was zu bedeuten — des hat was zu bedeuten.

**Ernestine.** Soll ich se rufen, gnäd'je Frau?

**Lucie.** Nein warten Sie mal. Geht rasch hinaus, man hört sie draußen hinunterrufen. Frau König! Kurze Pause. Guten Tag, Frau König! Kommen Sie doch bitte rauf! Jawohl, ich bin Frau Sperling! Pause. Man hört die Alte langsam und schwerfällig die Treppe hinaufsteigen.

**Ernestine.** Du, ich muß jetzt wieder runter — Flitzt rasch hinaus.

**Pauline** hat ihre Worte, ihr Verschwinden kaum bemerkt, steht unbeweglich und starrt auf die Thür.

————

**Lucie** kommt zurück. So bitte, hier herein — das nenn' ich aber 'ne Überraschung — da haben Sie auch gleich Ihre Tochter, Frau König.

**Frau König** folgt langsam. Sie ist eine große, massive Bauersfrau von sechzig Jahren. Die starken, sonnegebräunten Züge von Arbeit und Lebensnot verwittert. Vor allem in den großen, etwas harten blauen Augen sieht man die Ähnlichkeit mit Pauline. Sie hat ihr gutes Kopftuch um, aus schwarzem Stoff mit gefranztem Rande, dunkelblauen Faltenrock mit schwarzer Schürze, einen großen Regenschirm in der Hand.

**Pauline** nähert sich langsam. Tach, Mutter . . . Küßt sie auf die Backe. Pause.

**Lucie.** Setzen Sie sich doch, Frau König. Rückt ihr den Küchenstuhl hin.

**Frau König** setzt sich. Ich danke.

**Lucie.** Na sind Sie zufrieden? Sieht sie gut aus?

**Frau König.** Och ja . . .

Pauline.                                                    8

**Pauline.** Warum haste mir denn nich jeschrieben, Mutter, daß De ankommst? Ich hätt' Dir doch vom Bahnhof abjeholt?

**Frau König.** Bleib' Du bei Deine Arbeet, des is mir viel lieber. *Kurze Pause.*

**Pauline.** Wie jeht's denn Vater?

**Frau König.** Nich besonders.

**Pauline.** Was?!

**Frau König.** Des Reißen wird immer doller, und die Nachtwachen im Winter, des hält ja ooch 'n junger Mann nich aus.

**Pauline.** Na ich hab' doch erst neulich die neue Einreibung jeschickt und die woll'nen Binden, hat denn des jarnischt jeholfen?

**Frau König.** Na'n bisken schon — es is ja ooch nich mehr so schlimm wie friher.

**Pauline** *heftig.* Na also! . . . Was red'ste denn! . . . Da jagste eenen erst 'n Schrecken in . . Was redste denn! Des kannste mir doch jleich erzählen!

**Frau König.** Du hab' nich so'n jroßes Maul, verstanden? Was soll'n de Frau davon denken?

**Lucie** *halb lachend, halb ängstlich.* Na Ruhe, Ruhe — ich denk' mir garnichts. Na nu will ich Sie aber mit Pauline allein lassen — Sie haben sich doch sehr lange nicht gesehn, nicht wahr? Wie lange eigentlich, Pauline? *Da Pauline in ihrer Erregung nicht antwortet.* Pauline —

**Pauline.** Fünf Jahr, Frau Sperling.

**Lucie.** Fünf Jahr . . . *Giebt Frau König die Hand.* Ich seh' Sie noch, nicht wahr? *Geht ab.*

**Pauline** nach kurzer Pause. Ja nu sag' mir mal, Mutter, um Jotteswillen — ich freu' mir ja, daß De hier bist — — aber warum denn uf een Mal — da muß doch was passiert sein?

**Frau König.** Meenste?! Funkelt sie an, steht auf, auf ihren Schirm gestützt, und nähert sich ihr. Ja ich werd' Dir jleich erzählen, was passiert is. Pauline weicht zurück. Vater läßt Dir also sagen, de Lene hat er noch nich verschmerzt, und wenn er nu ooch de Pauline nich mehr haben soll, denn weeß er jarnich mehr, wozu er uf de Welt is.

**Pauline.** Was denn? Was soll das heißen?

**Frau König.** Das soll heißen, daß mir's Schwarz uf Weiß jesehen haben, was Du uns in Berlin for 'ne Ehre machst! Du Schlampe Du! Der Radke hat uns je-schrieben!

**Pauline** wild auffahrend. Radke? Was?

**Frau König.** Daß unsre Tochter — Du, ich brech' Dir de Knochen im Leibe entzwei — daß De'n anständ'jen Mann nich mehr verdienst, hat er jeschrieben — weil De so'n Luderleben führst, daß er sich schämen müßte — aber er muß Dir nehmen, weil er Dir zu lieb hat — und wenn wir'n Unjlück verhiten wollten, denn sollten wir zwischenkommen, solang' es noch Zeit is.

**Pauline.** Hahahaha — und ich, ich hab' mir schon Sorje jemacht, ich habe jejlaubt — — — der Quatschkopp! Eifersüchtig is er, weiter nischt! Aber daß er so niederträchtich sein kann, des hätt' ich mir doch nich träumen lassen. Herr Radke — der wär' der Letzte, der mir nehmen wollte, wenn er mir bloß soviel nachsagen könnte. Aber was Du

8*

mir zutraust, des weeß ich ja lange — ich bin es ja nich
anders jewohnt von meene Mutter for Jott weeß was ...
Hätt'ste man Recht behalten, Du! Hätt'ste's man erlebt,
daß ich mit'n Kind nach Hause jekommen wär wie de
Melzen, die sich aus'n Wochenbett in'n Schloßteich jestürzt
hat — ihr könnt'n Menschen dazu bringen.

**Frau König** zürnend. Jawoll ... ich wundre mir ooch ..
daß wir sowas nich an Dir erleben ...

**Pauline.** Warum haste mir denn mit siebzehn Jahr
nach Berlin jeschickt? Um de Lene zu helfen! Wozu
hab' ich denn überhaupt jelebt nach Deine Ansicht? Um
de Lene zu helfen! Und des hab' ich ooch jethan. Aber
was ich dabei ausjestanden habe, darum haste Dir nie be-
kümmert. Ich hab' an euern Paster und den Krimskrams
in de Kirche nie jejlaubt, aber wie ich so mutterseelenalleene
in Berlin war, da mußt' ich'n Halt haben, und da hatt' ich'n
Halt und ohne euch und alles. Aber ich war Dir immer
'n Dorn im Ooge, weil ich nich so fromm that wie de
Lene und mir nischt vormachen ließ, und darum will ich
Dir jetzt ooch sagen, warum De uf een Mal so für den
Radke bist — Du denkst, jetzt is es Zeit, jetzt kann die
Pauline heiraten, des is des Eenzichste, wo wir noch Jeld
bekommen können. Ich weeß, daß ihr Sorjen habt, und
ich will se mittragen, weeß Jott, solang' ich am Leben bin,
des kannste mir jloben, aber ehrlich soll allens jeschehn, und
keene Jeldsachen mit Jefühle.

**Frau König.** Und warum willste denn den Kerl durchaus
nich nehmen, was? Was haste denn an ihm auszusetzen?

'n anständ'jer Mann in jute Verhältnisse? Und lieb hat er Dir ooch noch?

**Pauline.** Er is'n Demokrate, und des paßt mir nich.

**Frau König.** Du Kalb, Du dummes, was jeht'n Dir des an, was'n Mann is?! Koch' Du und mach' Deine Stuben fertig!

**Pauline.** Jawoll, des is es eben, dafor kann er sich ooch 'ne Waschfrau nehmen. Ne ich habe mein janzes Leben dran jesetzt, um von keenen Menschen abzuhängen, — und jetzt . . . Ich brauch' keenen Mann! Aber ich will ooch keene olle Jungfer werden, des mußte nich jlooben, Mutter. Im Jejenteil, so froh wie ich is keene. Ich seh' des jarnich in, warum soll man sich denn jleich verlassen fühlen, wenn man alleen is uf de Welt.

Pause.

**Frau König** sieht sie lange an. In seltsam verändertem Ton, sie erscheint jetzt plötzlich älter und gebückt. Ja . . . Na nu werd' ich man jehn und wieder nach Hause fahren und Vatern bestellen, was De mir jesagt hast.

**Pauline** ruhiger. Warum willste denn jetzt schon fahren, Mutter? Iß doch man erst mit mir.

**Frau König.** Ne ne — ich habe keenen Hunger. Aber eens des möcht' ich Dir doch noch sagen. Ich habe nu heute zum ersten Mal jehört, was De Dir eintlich so vom Leben denkst, Pauline. Es is ja schlimm — Du kommst nich mehr nach Haus — alle fünf Jahre sieht man sich mal — wir sind Dir eben fremd jeworden.

**Pauline** leise und bitter auflachend. Fremd . . . .

**Frau König.** Du jagſt, Du kannſt Dein Leben je-
nießen, wenn .De ooch allein biſt. Des kannſte aber bloß,
jolange De jung biſt. Und des dauert nich lange, und
denn is'n Meechen alt. Und wenn 'n Weib nich Mutter
jeweſen is, denn is keen wahres Jlück in ihrem Leben
jeweſen .. Wenn ſich 'n armes Menſchenkind ooch quält
und ackert Tach for Tach und ohne Beſinnung, denn weeß
man doch, es hat'n Zweck, es jibt 'ne Stelle, wo man
nötich is. Und daran wirſte mal denken, wenn es zu ſpät is.
Des hab' ich Dir aus Liebe jeſagt — aus Liebe. (Geht ab.)

**Pauline** ſteht regungslos am Küchentiſch, immer tiefer gebeugt, bis ſie
plötzlich in die Kniee bricht, die Arme auf den Tiſch gelegt, den Kopf darauf, und
weint. Pauſe. Man hört nur das tiefe, leiſe, leidenſchaftliche Weinen.

- - — — —

Frau König hat die Thür ein wenig offen gelaſſen — nach
einer Weile wird ſie ganz geöffnet, und Radke erſcheint in der
Küche. Bleibt ſtehen, ſichtlich beſtürzt von Paulinens Anblick,
und rührt ſich nicht. Pauſe.

**Radke.** Pauline.

**Pauline** erblickt ihn, wild in die Höhe fahrend. Du! Was willſt
denn Du noch! Ich bitt' Dich, jeh', ich kann Dir nich
mehr ſehn, ſo jeh' doch!

**Radke.** Pauline … Es thut mir ja leid — ich hätt'
des nich an Deine Mutter ſchreiben ſollen.

**Pauline** bricht wieder am Tiſche nieder und gräbt den Kopf in die Arme

**Radke.** Aber — ſo bin ich nu mal … Du haſt mir
eben ſoweit jetrieben …. denn mach' ich eene Dummheit

nach de andre .... Pauline — kannste mir denn nich verjeben?

Pause.

**Pauline** ist bei seinen letzten Worten leicht zusammengezuckt, es ist wie ein neuer Ton, den sie zum ersten Mal von ihm vernimmt. Sie läßt es geschehen, daß er sie aufrichtet, auf die Küchenbank setzt und sich neben ihr niederläßt.

**Radke** in innerster Erregung, hält ihre Hand in beiden Händen und redet ganz weich und leise auf sie ein. Mein armes Paulineken. Warum weenste denn so? So hab' ich Dir ja noch nie jesehn? Ich hab' ja jarnich jewußt, daß De so weenen kannst? Und sieh mal Deine Hand — die haste Dir janz blutig jeschlagen.

**Pauline** leise. Wo d'n?

**Radke** streichelt sie. Hätt' ich doch bloß nischt mit die Alte anjefangen. Wie der Brief im Kasten war, da hat's mir schon leid jethan.

**Pauline** starrt vor sich hin. Ja nu is' aus.

**Radke.** Ne ne ... des wolln wir man nich behaupten ... sieh mal, was ich die letzten Tage allens ausjestanden habe, davon kannste Dir jarkeene Vorstellung machen. Ich bin vier Tage nich uf Arbeet jewesen. Ich bin rumjerast bei Tach und Nacht und hab' mir des janze Leben verwünscht. Denn ich sagte mir, sie hat Schuld, aber ich habe ooch Schuld. Und wenn man weeß, daß des janze Leben bloß noch'n Sinn hat, wenn — wenn ich Dir kriege, denn — — ja was soll man denn machen.

**Pauline.** Hätt'ste's Dir man früher überlejt.

**Radke.** Ueberlejt? .... Des is nich des richt'je

Wort, Pauline . . . . Ach wenn ich nich den Stein uf'n Herzen hätte, denn könnt' ich Dir ja sagen, was ich meene. Aber man is eben — man is'n armer Mensch.

Pause.

**Pauline.** Wie red'ste denn heut?

**Radke** hastig. Ja siehste, des is es eben! Is Dir des nich ooch schon uffesallen, wir kennen uns bald zwee Jahre, aber wir haben noch nich'n anständ'jes Wort mit'nander jeredt! Des war'n ewijes Jeschimpfe und Jezerrje! Wenn Du was jesagt hast, denn habe ich nich druf jehört — und wenn ich was jesagt habe, denn bist Du mir übers Maul jesahren. Ja was soll'n daraus werden? Wie sollste'n denn erfahren, wie ich zu Dir stehe? Zitternd. Wie — lieb ich Dir habe . . und wie Du mein janzes — Leben bist . . und Alles . . Alles. Bricht über ihre Hand nieder und küßt sie leidenschaftlich. Pause.

**Pauline** blaß, mit geschlossenen Augen. Nich doch . . . . .

**Radke** leise. Hab' ich Dir weh jethan? —

**Pauline.** Ne jarnich . . . . Aber wenn De so'ne Worte machst — denn kann ich Dir nischt druf erwidern — denn weeß ich nich mehr, was ich sagen wollte.

**Radke.** Was denn? — Was wollt'ste denn sagen? —

**Pauline.** Du bist der Eenzichste jewesen, der mir verstanden hat. Du mußtest wissen, daß mir die Andern alle schnuppe sind, und daß ich bloß'n bißken Ulk mit se jetrieben habe, und um Dir zu ärjern. Und des haste ooch jewußt. Und daß De schließlich eifersüchtig jeworden bist, das nehm' ich Dir jarnich mal übel. Aber daß De Dir denn hinsetzt und an meene Eltern schreibst und mir verleumdeſt, des jibt mir'n anders Bild von Dir, und — darum is es aus mit uns beede.

**Radke.** Pauline, Du haſt janz Recht, daß De mir des allens ſagſt . . Und wenn De mir nu eene runterlangen würdeſt, denn hätt' ich ooch noch niſcht dajejen. Aber es jibt wol viele Menſchen, die de Leute für ſchlecht halten, und die ſind blos unjlücklich. Sieh mal Pauline, Du haſt 'ne Heimat, Du haſt'n Vater — aber ich, ich habe meinen Vater nich jekannt, ich weeß nich mal, wer mein Vater eintlich jeweſen is.

**Pauline** leiſe. Des weeßte nich? . .

**Radke.** Er ſoll'n Sohn aus 'ne reiche Familje jeweſen ſein und hat mit meene Mutter zuſammen jelebt, aber denn wollt' es die Familje nich länger, und denn hat er ſe ſitzen laſſen, und denn bin ich jeboren worden.

**Pauline** langſam faſſend. Deine Mutter — was war'n Deine Mutter?

**Radke.** Näherin. Und ich hab' Streichhölzer uf de Straße verkooft.

**Pauline.** Und denn — was is'n denn jeworden?

**Radke.** Denn ſtarb meene Mutter, und 'n Onkel hat mir zu ſich jenommen. Und denn hab' ich de Schloſſerei jelernt.

**Pauline.** Alſo durchjekommen biſte?

**Radke** ſieht ihr in die Augen. Durchjekommen bin ich. Aber den Stein uf'n Herzen hab' ich behalten. Der jeht nich wech. Du kennſt das nich, Du biſt viel jlücklicher jeweſen — Du haſt ja allens, was ich jerne haben möchte.

**Pauline.** Na na — wer weeß . . . Mit zitternder

Stimme. Wenn man Dir so ansieht, denn weeß man, schlecht biste nich — Du bist aber ooch nich unglücklich). Ne Karl — krank biste jloob' ich.

**Radke.** Krank?

**Pauline.** Ja ja. Na nu müßte man bloß wissen, was Dir jesund macht. Pause. Er wirft sich plötzlich in ihren Schooß. Sie beugt sich auf ihn nieder, streichelt ihn und küßt ihn auf's Haar. Na Kindchen — es wird ja allens werden.

**Lucie** öffnet hinten rechts die Thür. Wie sie die beiden so erblickt, will sie sich in höchster Überraschung schnell wieder zurückziehen — Pauline und Radke haben sie aber bemerkt und fahren auseinander.

**Lucie** nähert sich langsam. Erschrecken Sie nur nicht — ich wollte bloß fragen -- — kann man denn wirklich gratulieren?

**Pauline** laut und sicher. Ja! hält Radkes Hand.

**Lucie** in herzlicher Freude. Ach Gott wie schön. Das freut mich riesig.

**Radke** betrachtet sie in stummer Bewegung.

**Pauline** nimmt Lucien bei Seite. Sie, er is nett.

**Lucie** lachend, leise. Nanu? Mit einem Mal? Ich denke, Sie können ihn nicht leiden? Hat das Ihre Mutter zu Stande gebracht?

**Pauline.** Ne jarnich . . eher noch seine.

**Lucie** laut. Wann wollt ihr denn Hochzeit machen?

**Radke** ernst. Am ersten Mai. Des is nämlich unser jroßer Feiertag.

**Lucie.** Ich weiß. Ach für die Maler auch, wenn schönes Wetter ist . . zu Pauline. Nun wird es also Ernst, Pauline? Nun müssen wir uns Adieu sagen?

**Pauline.** Aber liebe Frau Sperling — ich bleib' ja
Berlin.

**Radke** mit plötzlichem Anlauf. Und was ich noch sagen
te — Se brauchen nich etwa zu jlooben, daß se's
cht bei mir haben wird. 'N schlechten Tausch den soll
nich machen. Ich weeß, was ich leisten kann, und
ne Frau die braucht an keen Verdienen zu denken.

**Lucie.** Ja pflegen Sie sie man gut, Herr Radke —
nn wird sie aus Dankbarkeit noch hübscher werden.
o ist denn eigentlich Ihre Mutter, Pauline? Ist sie
on fort?

**Pauline.** Um Jotteswillen, da fällt mir ja ein!
mm', Karl, schnell, wir müssen uf'n Bahnhof, wenn wir
s beeilen, treffen wir se noch, denn kann se doch Vatern jleich
s Andres bestellen! holt ihr Tuch und nimmt es um, giebt ihm
 Hut. Na komm' doch, komm', wir nehmen uns 'ne
roschke!

**Radke.** Ja ja .. noch'n Oogenblick . . . ich möchte mir
loß — ich möchte mir bloß noch bedanken, daß de jnäd'je
rau, daß Se immer so freundlich jejen meine Pauline je-
esen sind — — so wahr ich lebe — des werd' ich de
errschaften nie verjessen. Schüttelt Luciens Hand.

**Lucie.** Au bitte . . . Lieber Herr Radke — das is
ern geschehn.

**Pauline.** Na ja doch — halt' doch keene Volksreden
— komm'! Sie zieht ihn zur Thür, kehrt aber plötzlich selber wieder um,
faßt Lucien stürmisch die Hand und eilt mit Radke hinaus.

Ende.